PRIX : QUATRE FR. CINQUANTE

PAUL HERVIEU

de l'Académie Française

L'EXORCISÉE

PARIS

MODERN-BIBLIOTHEQUE

ARTHÈME FAYARD, EDITEUR

18-20, RUE DU SAINT-GOTHARD, 18-20

L'Exorcisée

La baronne X... passait au bras d'un invité.

PAUL HERVIEU

DE L'ACADÉMIE FRANÇAISE

L'Exorcisée

Illustrations d'après les aquarelles

DE

ANTONY TRONCET

PARIS

MODERN-BIBLIOTHÈQUE

ARTHEME FAYARD et Cie, EDITEURS

18-20, RUE DU SAINT-GOTHARD, 18-20

ELLE FERMA LES PAUPIÈRES.

QUAND IL ARRIVA, LA REPRÉSENTATION ÉTAIT DÉJÀ COMMENCÉE.

I

Ce soir-là, Gérard de la Maigue était entré, à l'heure du dîner, dans un restaurant du boulevard. Par des prétextes que, l'instant encore d'auparavant, il opposait à des propositions de camarades, le jeune homme s'était arrangé de façon à être seul : rien que pour être seul ; et déjà, sans raison non plus, cela l'ennuyait un peu qu'il en fût ainsi. Peut-être devrait-on là remarquer déjà une des particularités de son caractère qui le porta toujours — ainsi que les détails de ce récit pourront fournir quelques occasions de le constater — à ne faire ses placements de lui-même qu'en meilleur escient, non sans le regret parfois de s'être réduit à garder improductif le capital de sa personnalité.

Du moins, Gérard s'installa, le dos à la muraille, dans un coin d'où il pouvait être distrait par les faits et gestes de tous les gens présents et à venir parmi la salle.

Tandis qu'il commandait son repas, un monsieur et une dame prirent place à la table la plus proche, de manière à ce que celui-ci tournât le dos et que celle-ci fît face au solitaire.

La survenante étant fort jolie, Gérard en accueillit le voisinage comme un dédommagement à sa situation ; et il se mit aussitôt à jouir de cette vue, qui lui offrait une satisfaction prudente de penser qu'il n'eût rien à vouloir, rien à espérer ni à craindre de cette inconnue. Et pourtant son contentement se perfectionnait un peu de ce que cette femme, par l'expression vaguement dépaysée de son type, par son équipement de coquette élégance, parût de celles auprès desquelles l'esprit voyageur des hommes devine des âmes en route, imagine une espèce de rencontre avec des êtres dont il lui semble savoir parler l'idiome, sent enfin quelque chose comme serait le passage de compatriotes à l'étranger, dans cet immédiat étranger de la vie environnante.

Elle devait avoir une trentaine d'années. Des yeux immenses et bleus : si bleus et si lumineux au centre que tout le blanc autour en était azuré et irisé. Ses lèvres, dont une pommade sans doute avait accentué le vermillon, formaient un triangle assez aigu au sommet ; et les trois lignes en ondulaient par une impatience normale du muscle. Un peu de poudre de riz, pour atténuer ce que le reflet de sa chair aurait eu de trop vif sur l'arête d'un nez droit aux ailes fines, donnait à son teint l'attrait pervers d'un gentil maquillage. Le bord supérieur d'un front altier, vers la naissance des cheveux, surplombait le visage et se trouvait à pic avec la pointe avancée du menton, qui portait une marque rose-pâle, bizarre et telle qu'on aurait pu en songer au stigmate dont le viol du baiser laisserait ainsi cette empreinte tendre.

La nouvelle arrivée avait, dans la majeure partie de sa physionomie, un découragement et une mélancolie contre lesquels semblaient vouloir résister le ressort et l'éclat de ses prunelles. Regardée par Gérard, elle le regarda à son tour fixement. La crainte de paraître impertinent lui fit alors feindre de s'absorber dans l'examen de son couvert ; puis, relevant la tête, il surprit que c'était elle qui le considérait. Elle détourna les yeux. Et lui, pris désormais à ce jeu de grandes personnes, alterna avec elle de se dévisager sérieusement. Elle n'avait pas encore adressé une parole à son compagnon, dont le jeune homme n'apercevait que les épaules, et une nuque recourbée vers la table, et des coudes très en dehors, mais suivant un pli qui dépassait assez la mauvaise façon pour atteindre au chic et indiquer l'habitude des guides.

Un autre couple était survenu. Là aussi la femme fit à Gérard l'effet d'être bien, et, pourtant, il ne s'occupa point d'elle un instant. Il obéissait, machinalement, comme à une sorte de fidélité envers le regard de la première. Celle qu'il contemplait ne sembla pas, de son côté, s'intéresser aux hommes de l'assistance.

Evidemment ni l'un ni l'autre ne pouvait admettre que quelque chose fût né entre eux, alors que ce n'était rien que d'apparemment mort-né ; et pourtant, lorsque les amants s'interrogent sur leur histoire de s'aimer, ils en font remonter à des premiers moments pareils à ceux-là l'obscur commencement, dans une superstition qui, en amour comme ailleurs, aura dû attendre pour se développer que la religion fût d'abord fondée.

Aussi Gérard s'avouait qu'il était regardé surtout parce que son vis-à-vis n'aurait pu regarder d'autre personne sans se déranger quelque peu ; tandis que, pour lui, la femme ne pouvait pas ne pas en rencontrer la figure, soit qu'elle levât le nez au-dessus de son assiette, soit même qu'elle voulût voir son mari. (Car elle était avec son mari ; sur quoi elle n'avait laissé place à aucun doute, « l'air d'être avec son mari » étant aussi spécial et aussi évident que celui d'être une femme mariée.)

C'était aisé aussi de remarquer qu'il n'y avait pas la moindre effusion de cœur entre elle et son compagnon. Ce dernier, toutefois, lui servait les politesses de table avec une régularité à laquelle elle répondait sans mauvaise grâce. Elle dînait avec lenteur, probablement parce qu'elle avait peu d'appétit. Mais son admirateur se plaisait à se persuader que ce fût pour faire durer l'hommage qu'elle en recevait.

Dans la suite, elle feignit de n'avoir plus égard qu'à son mari. Elle causait maintenant avec lui, ou prenait soudain des airs penchés pour se taire, ayant surtout les mines d'une femme très impressionnable à l'attention dont elle était ailleurs l'objet. Et, soit qu'elle refusât d'un plat, qu'elle respirât les sels d'un flacon d'or, ou qu'elle pinçât ses deux tempes entre le pouce et l'index d'une main étroite et longue, c'était manifeste que ses faits et gestes ajoutaient à leur distinction naturelle le caractère d'être contemplés.

...Le mari se montra de trois quarts, quand il eut demandé, avec le café, un programme des spectacles. Alors il tourna sa chaise en retirant ses jambes d'au-dessous de la table, croisa ses genoux et intercepta la vue de sa femme, derrière le journal qu'il déployait sur un grand manche. C'était un homme de quarante ans environ, au teint basané, à la carrure forte et un peu lâchée de *gentleman-farmer* : une physionomie avec tant de barbe et de moustache qu'elle ne faisait pas songer à la trouver bien ou mal, ni autre chose que velue. Il avait un de ces types braves et mâles qui expriment la décision d'avance à ce qu'ils ne sauraient pas encore être quoi, et une énergie superflue dans la suffisance.

Gérard entendit prononcer un choix pour le théâtre du Gymnase. Et, le journal ayant été abaissé, le regard de sa voisine se rencontra de nouveau avec le sien. Il eut la sensation que l'on se retrouvait après une petite séparation. Vraiment quand deux êtres — surtout si l'un est un homme, l'autre une femme — viennent de bien s'entre-regarder, ils ne peuvent redevenir tout de suite des étrangers l'un pour l'autre, quelque inconscients qu'ils soient du degré de magie hypnotique jusqu'auquel ils se sont aventurés.

Mais un futile incident vint contrarier le charme, tandis que l'on préparait la note réclamée par le mari. Le maître du restaurant s'approcha de celui-ci, et lui demanda si le dîner avait été satisfaisant, avec une estime obséquieuse qui prouvait que le goût

Un monsieur et une dame prirent place a la table la plus proche.

du client était sensible aux nuances dans les sauces. Sur une réponse affirmative, le restaurateur parla de son chef-cuisinier.

— J'en suis content, dit-il ; mais cependant je lui reproche un peu trop d'ardeur.

IL FINIT PAR LA DÉCOUVRIR, A MOITIÉ CACHÉE DANS LA DEMI-OBSCURITÉ D'UNE BAIGNOIRE.

C'est comme un bon cheval de sang : il faut le tenir.

Cette métaphore ahurit Gérard. Que voulait-on prétendre ? Quoi, « le retenir comme un bon cheval de sang »?... Pour qu'il ne piaffât point dans les plats ?...

Le mari avait accueilli la comparaison par un tel air d'entente complaisante et de digestion bonhomme, que Gérard ne put réprimer un sourire. La femme aperçut cette expression ; elle détourna la tête, et un peu de rougeur monta à ses joues, tandis qu'elle boutonnait son gant. Il fut énervé de comprendre qu'il l'avait humiliée évidemment, indirectement, sans le vouloir, sans avoir pu s'en garder à temps.

Elle se leva, et reçut l'aide d'un garçon pour revêtir une veste de fourrure qui, seyant à merveille, arrondissait douillettement la sveltesse de sa taille cambrée. Maintenant, elle était prête ; et Gérard goûta une sorte de flatterie mal définissable dans ce qu'il venait d'y avoir un peu à lui chez une personne de tournure et de mise si élégantes.

Mais voilà tout d'un coup qu'elle partit, la figure mécontentée, sans avoir, une dernière fois, tourné les yeux vers lui, sans ce regard d'adieu qu'il attendait naïvement, comme une chose convenable et due. Et son mari, qui n'avait pas seulement remarqué la présence de ce tiers, disparut derrière elle.

Si cette femme s'en était allée autrement, c'est-à-dire tout simplement, la préoccupation légère qu'elle avait fait naître se fût sans doute dissipée dès l'instant d'après. Mais son irritation visible s'était accrochée, dans le départ, à un petit coin de la quiétude dont le jeune homme tâchait de s'envelopper. Il aurait voulu rattraper sa voisine de tout à l'heure, s'expliquer sur son sourire, s'excuser par un mensonge.

Il prit à son tour le programme des spectacles, et le parcourut pour se donner le change à lui-même. Mais il sentait bien qu'il lui faudrait aussi se rendre au Gymnase ; toutefois, sans intention précise, sans idée praticable.

Quand il arriva, la représentation était commencée. Il gagna son fauteuil, sans rien inspecter ni à droite ni à gauche. Il était un peu gêné. Il espérait qu'elle l'eût vu entrer, et, en même temps, il craignait de lui trouver un sourcil plus froncé encore, devant ce

DÈS LORS, IL NE MÉNAGEA PLUS DE LA LORGNER.

qu'elle pouvait prendre comme une persécution.

Néanmoins, à l'entr'acte, il circula, cherchant à la discerner, mais sans hâte, d'un air négligent, ainsi qu'un spectateur qui flâne, qui bâillerait presque en attendant que la pièce recommençât.

Il finit par la découvrir, à moitié cachée dans la demi-obscurité d'une baignoire. Ce regard à elle, ce voyageur singulier auquel Gérard avait naguère donné un si soigneux asile, errait à présent dans le vide. On ne pouvait distinguer, du mari, que le plastron de sa chemise dans le noir du fond de la baignoire.

Gérard se décida à s'aller planter devant elle pour l'inviter à le voir ; et là, il affecta de ne point savoir où elle fût, contemplant partout excepté vers cette place. Puis, lorsqu'il estima qu'elle devait en être à ne plus avoir d'yeux que pour lui, il se retourna vivement afin de la surprendre. Or le regard était resté immobile, braqué sur l'indifférence du vide.

Assez vexé d'avoir ainsi pour rien servi la comédie, — et puisque les moyens timides n'avaient point réussi, — Gérard voulut, du moins, l'obliger à constater qu'il était là, et à se déterminer dans une attitude. Il passa tout contre le rebord de la baignoire et en érafla le velours avec son coude. Alors elle le regarda ; mais son visage n'exprima rien, sinon que peut-être elle le reconnaissait.

Dès lors, il ne ménagea plus de la lorgner durant l'acte suivant. A un moment où s'esclaffait toute la salle, il lui vit aux yeux l'étrange scintillement de deux larmes. La source en devait être si lointaine et si profonde qu'elle sembla aussitôt tarie. Et ce n'était qu'une pensée sans suite qui eût ainsi perlé, puisque déjà la jeune femme associait un petit sourire à la gaieté d'ensemble. Mais Gérard, soudain assombri, s'ingéniant à deviner des causes exceptionnelles de chagrin chez cette créature et cherchant dans les fonds de ses misères d'homme, entrevoyait confusément de différentes misères à être femme.

Celle-ci parut, jusqu'à la fin du spectacle, ignorer ou dédaigner la sympathie qu'elle avait inspirée ; en tout cas, il ne put saisir d'elle aucun coup d'œil dans sa direction.

Et cependant pourquoi, comment se fit-il que ce ne fut pas en vain qu'il attendit, à la sortie, l'instant où l'héroïne de sa soirée traverserait le péristyle du théâtre?

Quand elle apparut, il surprit bien que, malgré elle, son regard — encore et enfin son regard ! — était tendu et quêteur.

Elle l'aperçut, éteignit ses prunelles immédiatement ; mais, au pli de sa bouche, au sentiment presque imperceptible qui courut sur ses traits, elle montra une mine..., comment dire?... une mine exaucée, friponne aussi, même un peu coquine radieusement..., puis bien vite secouée, retirée, reprise...

De son côté, Gérard, en baissant discrètement les paupières, vit un bas de soie gris-fer descendre des marches, sous le retroussis de la jupe, et une flèche en broderie noire se darder hors du brodequin, au long d'un mollet musclé comme ceux des ballerines.

... Tandis qu'elle s'éloignait en voiture, il restait encore sous l'influence de l'attraction sexuelle, dans le rêve d'un au-delà et dans une sensation de chose finie, avec la courte détresse d'éprouver qu'on ne perd que de l'impossible. Et, en reprenant le chemin de sa demeure, il ne se flattait déjà plus que d'avoir mis, sous le front disparu et inoubliablement triste, pour le sommeil de la nuit, un songe où murmureraient ces mots de solidarité humaine qui lui montaient aux lèvres : — « Petite amie inconnue !... pauvre chère !... Ma sœur !... »

Un après-midi de janvier, Gérard était venu s'acquitter d'une visite.

II

Environ six semaines plus tard, un après-midi de janvier, Gérard était venu s'acquitter d'une visite dont il se faisait une obligation annuelle, par souvenir d'un temps très bref où le mari de la maîtresse de maison avait été son chef de légation. Celle-ci le présenta aussitôt aux personnes de l'entourage. Et, en dernier lieu, elle nomma :

— Madame Saint-Vrain des Ormes, ma sœur.

Cette dernière ajouta, mais à demi-voix, — et c'était plutôt boudeur que poli, à la façon d'une enfant qui se trouve contrainte de dire bonjour à quelqu'un :

— J'ai souvent entendu parler de vous... Et nous avons dû nous rencontrer déjà...

Cette manière d'être avait éveillé la curiosité de Gérard. Et, comme on apportait alors les lampes dans la pièce, il reconnut la femme du restaurant et du Gymnase ; du moins, ainsi qu'on reconnaît ce que l'on connaît peu. Le plus frappant, c'était qu'elle eût son même chapeau, sur leque' vibraient deux noires antennes. C'étaient encore bien ses yeux de paradis, sa bouche triangulaire comme un dessin de problème, et d'un rouge si vif !... Et cependant Gérard n'avait point la sécurité que ce fût tout à fait elle ; cela lui semblait être pour ainsi dire une autre elle. Non pas que les êtres doivent normalement changer tant et si vite, mais sans doute parce que voir est un art, et qu'ils nous donnent, à chaque revue, une leçon progressive de les voir individuellement.

Mis ainsi en rapport avec celle dont l'aspect l'avait laissé naguère dans les nuages d'une fraternelle pitié, Gérard n'eut d'abord qu'une impression physique, une sensation de heurt, un peu comme le mauvais vouloir des réveils. La femme lui fit l'effet d'être sortie du vague. Sa matérialité s'était précisée, et un second plan de physionomie en quelque sorte, se dégageait d'elle vers lui. Il lui découvrait, au creux des joues, une couleur de santé dont il ne s'était pas avisé auparavant. Elle riait, montrant des dents presque trop blanches, plus saines que n'y a droit une Parisienne entrant dans sa beauté de trente ans, luisantes autant que des crocs de chienne ; et ce jeu du visage lui marquait, sur la jeune peau de ses paupières inférieures, deux toutes petites étoiles de rides fines, qui ne lui étaient donc pas venues à pleurer..., ni même, imagina Gérard, rien qu'à tout bonnement rire.

— Cette Laure, avait repris sa sœur, elle a toujours rencontré déjà tout le monde!.. Vous vous serez entre-lorgnés à quelque première?...

— En effet, répondit malicieusement cette fois Mme Saint-Vrain des Ormes, j'aurai aperçu M. de la Malgue au théâtre?...

— Ou au restaurant? fit Gérard pour se mettre d'accord avec elle.

Elle secoua lentement la tête, dans ce mouvement négatif que certaines femmes emploient parfois pour dire oui, et même aussi pour dire non.

— Je n'ai pas beaucoup, murmura-t-elle, l'habitude du cabaret... Rarement... Quelquefois... Ce mois-ci, par exemple, quand, avec mon mari, nous sommes de passage à Paris, avant notre retour de la campagne...

La conversation passa sur d'autres sujets; mais ce qui, pour Gérard, en faisait le caractère, c'était qu'il y eût un secret entre cette Mme Laure et lui, l'attrait d'une complicité dans laquelle ils dupaient la sœur et l'assistance. L'impression idéale qu'il avait reçue de l'inconnue lui revenait, mais plus vive, comme toute claire et frottée par le fait de savoir maintenant qui elle était. Oh! il se souvenait bien d'avoir entendu jadis, là-bas, à la légation, le ministre et sa femme parler des Saint-Vrain, avec le sans-gêne qu'on a devant un étranger, lorsqu'il s'agit de gens que celui-ci ne connaît point. Le jeune homme avait assisté à l'ouverture de lettres où la présente Laure d'aujourd'hui se plaignait du caractère insupportable de son mari. Oui! voici même qu'il se rappelait le rapport d'une scène faite au sujet de l'installation d'un lawn-tennis. Et le beau-frère avait même ajouté à ce propos :

— Une bonne fois, il n'aura que ce qu'il mérite!...

Et peut-être que, de cela, ni Mme Saint-Vrain des Ormes, ni sa sœur n'avaient gardé la moindre réminiscence? De la sorte, Gérard se trouvait brusquement installé dans une sorte d'intimité avec cette femme dont il n'ignorait plus le début conjugal, et que l'on avait jugée de tempérament à ne pas s'y tenir enfermée. Ce genre de compétence spéciale envers elle ajoutait à l'empressement qu'il était surpris de lui témoigner, se sachant peu sujet à ce qu'on appelle le coup de foudre. Mais quoique les sources du sentiment d'amour lui eussent toujours paru presque impossibles à capter au fond de la connaissance que l'on en aurait, du moins, l'expérience dans laquelle il s'engageait lui permettait déjà de constater que c'était après avoir perçu la *possibilité de la possession* qu'il avait senti germer en lui quelque chose d'intentionnel, d'exigeant et de défini.

Quand Laure se leva pour partir, le jeune homme imita son exemple, avec la liberté dont il pouvait s'autoriser, puisqu'il ne lui devait aucune précaution. En descendant l'escalier derrière elle, il se considérait comme obligé à une entreprise indéterminée; il lui semblait qu'elle fût en droit d'en attendre une, après ce qu'il avait dans l'origine accompli. Et, quoiqu'il lui eût encore été facile de se contenir, quoiqu'il dût même un peu se forcer pour prendre une initiative, il se hasarda à une allusion envers ce que le passé avait déjà créé entre eux, par contenance, par convenance.

— Ah! madame, murmura-t-il, je désespérais de vous retrouver!

Elle se retourna avec une petite moue, comme déçue d'avoir fourni quelque occasion dont on n'a pas profité.

— Peut-être, fit-elle, que si vous étiez revenu tous les jours, pendant une semaine, au même restaurant, vous m'y auriez rencontrée... une fois ou deux?...

Il demeura confus, après avoir été sur le point de soutenir effrontément qu'il y était allé, ou qu'il ne l'avait pas osé.

— Comment vous revoir? reprit-il... Je veux vous revoir!

Elle avait recommencé à descendre les marches, baissant tellement la tête que sa nuque montra une ligne de blanche nudité entre le collet de sa fourrure et la fourrure de ses cheveux blonds. Elle répondit d'une voix étouffée, très faible :

— Je reçois le lundi. Vous n'avez qu'à venir...

Ce qu'il prit pour l'expression d'un trouble allant jusqu'à la défaillance inspira de l'audace à Gérard. Une petite main gantée glissait devant ses yeux au long de la rampe. Il voulut arrêter cette petite main sous la sienne. Laure se dégagea avec une violence imprévue; et, presque aussitôt, comme pour atténuer ce que sa mine et son geste avaient eu de brutalement farouche :

— Prenez garde, chuchota-t-elle... Je connais les personnes qui demeurent là.

Ils étaient, en effet, parvenus au palier du premier étage, et elle indiquait les battants clos d'une porte derrière laquelle les menaçait tout ce qu'il y a de rangé dans un appartement bourgeois.

Remis un peu sur la réserve, Gérard insinua cependant :

— Lundi, c'est bien loin!... J'ai tant envie de causer avec vous!...

— En ce cas, promenons-nous un instant... Il fait froid, il fait sec : le temps est bon pour marcher.

Ses cils baissés, sa figure obstinément de profil, marquaient d'une indifférence la faveur accordée; et c'était avec le ton que l'on prend pour prier d'en finir, qu'elle semblait pourtant avoir voulu dire : « Commençons-en. »

Gérard était à la fois émoustillé et abasourdi. Il se savait avec une femme de bonne famille et de bonne réputation, et il ne pouvait se défendre de supposer qu'elle allait lui être aussi de bonne fortune. Il avait le sentiment de ne point encore la comprendre, et ce moment de leurs relations fut toutefois celui où elle lui donna la moins déconcertante des notions sur elle, la plus normalement raisonnable.

Pendant le train vif du pas que comportait la saison, ce fut Laure qui eut la hardiesse et la franchise d'aborder leur seul sujet d'être restés ensemble.

— Vous avez sans doute, observa-t-elle, l'habitude de faire la cour à toutes les femmes?

— Pourquoi ce jugement téméraire?

— Dame!

— Etes-vous bien sincère en vous plaçant à l'égal des autres?... Tenez, moi qui ai pour être modeste tant de raisons dont vos charmes vous affranchissent, je n'ai pas eu, une minute, l'idée que vous vous laisseriez faire la cour par tous les hommes...

— Merci! répliqua-t-elle, sans que Gérard pût deviner si c'était de la gratitude ou de l'ironie.

Il lui exposa que, dès l'avoir vue, il avait été touché de sa beauté, de son aspect de tristesse; qu'il eût voulu la faire devenir tout de suite heureuse..., fût-ce par un bonheur échangé entre elle et un autre que lui.

— On n'est pas meilleur! se récria Laure.

— Si!... le jour où l'on se sent moins bon.

Il tenta de l'aider, en la soutenant par le coude, à descendre un trottoir. Mais elle recula, avec une nouvelle révolte de son corps que le moindre contact rendait étonnamment sauvage; et, soudain, elle lui demanda bien en face :

— N'avez-vous jamais fait de déclaration à ma sœur?

— Non... Pourquoi?

Je n'ai pas beaucoup l'habitude du cabaret.

— Parce que cela m'aurait amusée d'apprendre ce qu'elle vous aurait répondu.

— Comment l'auriez-vous appris?

— Comment je?... Mais ses paroles, je pense, eussent été telles que vous devriez à son honneur me les répéter.

— Voilà une assurance bien formelle et qui devrait ne laisser alors que peu de champ à votre curiosité.

— Je suis fixée à son égard.

— Et l'est-elle au vôtre?

Laure devint pensive. Elle appuya son petit manchon contre une de ses joues, que le froid faisait très roses; et, dans un joli éternuement :

— Pas absolument, murmura-t-elle.

— Et à vous, demanda le jeune homme, si je vous adressais une déclaration, que me répondriez-vous?

Elle se mit à marcher plus vite, en se détournant vers l'étalage d'une suite de boutiques brillamment éclairées. Ecartée de Gérard, le devançant un peu, elle avait pris brusquement à son égard les allures d'une femme suivie dans la rue plutôt qu'accompagnée.

Lui croyait avoir reçu une leçon et devoir en tenir compte, quand elle se retourna, avec un sourire assez dédaigneux :

— Ainsi, vous vous jugez astreint à la formalité d'une déclaration... C'est drôle qu'il y ait une convention pour inviter à violer toutes les conventions!... Qu'est-ce que vous avez à me déclarer?

— Je n'ose pas vous dire que je vous aime...

— Pourquoi?... Par peur de me fâcher?

— Non!... De vous mentir.

— Plaît-il?... Alors, quoi?

— Je vous désire.

Mme Saint-Vrain des Ormes eut un haut-le-corps. Et, aussitôt, elle maîtrisa sa surprise, et se donna, pour interroger son interlocuteur, les façons graves d'une reine qui jouerait à se faire expliquer par un pauvre diable comment il se représente la royauté.

— Mais, fit-elle, quelle est votre idée? Entendriez-vous m'offrir les plaisirs d'un caprice, ou bien projetteriez-vous de vous mettre à m'aimer?

Elle avait posé cette question avec un tel soin d'intonation, avec une telle discrétion à ne manifester aucune préférence, que Gérard était très embarrassé pour répliquer sans sortir de la note voulue.

— C'est que, déclara-t-il, je nie que l'on puisse honnêtement s'engager, d'avance, à aimer ou même à ne pas aimer...

— Qu'entendez-vous par s'engager « d'avance? »

Gérard eut une nouvelle hésitation à répondre.

— J'appréhende que vous ne m'accusiez trop vite d'être matériel, de ne point faire à l'idéal la part que cependant je lui veux bien large...

— Bah! risquez-vous toujours!

— Eh bien, à mon avis, la première condition pour s'aimer est de se connaître, et l'on ne s'aime de plus en plus qu'à mesure que l'on se connaît de mieux en mieux...

— Voilà une opinion très acceptable!

— Oui, mais, selon moi, la connaissance entre l'homme et la femme ne commence qu'à un... fait... auquel j'attribue la solennité et l'importance d'une révélation... C'est de là que part ce qui doit être, de l'un envers l'autre, leur science du bien et du mal... M'autorisez-vous à m'expliquer davantage?

Mme Saint-Vrain des Ormes laissa voir, par un signe de condescendance, qu'elle comprenait bien de quoi il s'agissait et que l'on pouvait l'en entretenir.

Le jeune homme poursuivit sérieusement sa démonstration :

— Donc, avant la possession, la conduite des... futurs... est absolument opposée à celle dans laquelle ils puiseront, après, les raisons mêmes de leur amour. Celui-ci naît, s'alimente et croît d'être dit, agi et échangé, selon ses moyens naturels et spéciaux. Dans la période préalable, les paroles, les maintiens consistent surtout en réserves, en dénégations hypocrites, en luttes instinctives auxquelles se substitueront subitement l'abandon, l'aveu, l'alliance; au lieu de la sécurité que l'on aura de se réciproquement savoir, on cause encore dans l'imprévu, on gesticule anxieusement vers l'incertain ou contre l'incertain dont n'émane que du malaise et du trouble... Mais, d'ailleurs, ma théorie n'est-elle pas justifiée par une expression que l'expérience humaine a fixée dès l'époque de la Création? N'y avait-il pas déjà un certain temps que nos premiers ancêtres jardinaient intimement ensemble quand Adam « connut » Eve, comme le spécifie la Bible dans son langage simple et profond?

— Votre système, répliqua Laure avec une raideur sarcastique, me semble un assez bon procédé de chantage... Cela doit quelquefois vous réussir auprès des femmes qui veulent à tout prix être aimées, en courir toutes les chances, et qui sont prêtes à ne jamais laisser perdre une seule de celles qu'on leur propose...

— Oh! je songe si peu à employer un moyen de fourberie, et je me confie tellement plus au modeste mérite de la sincérité, que je compléterai ma profession de foi, en prétendant que l'amour de l'homme ne s'empare même pas de lui tout de suite après la possession.

— Quoi! il faudrait s'être donnée, et puis encore continuer à attendre que l'on obtienne d'être aimée?

— Ma foi, on voudrait faire le compte

de ce qui compose la situation morale d'un « heureux mortel », lorsqu'il vient d'être exaucé dans la tyrannie de ses prières, dans la frénésie de sa curiosité sacrilège, que l'on y trouverait principalement, j'en suis convaincu, de la vanité, de l'étonnement..., et une béate ignorance à l'égard de ce qu'il pourrait souhaiter de plus..., et un état inavouable, indéfinissable, assez proche de la résignation qui lui serait nécessaire si sa bienfaitrice l'avertissait alors de n'avoir plus rien à espérer d'elle désormais...

— Mais cependant l'opinion générale n'est pas conforme à la vôtre. Même, on admet plutôt que ces messieurs soient toujours très amoureux... avant, et souvent beaucoup moins amoureux... après.

— C'est parce que, grâce à une impropriété de terme, par une figure consistant à prendre une cause pour l'effet, la partie pour le tout, nous décorons du nom d'amour ce qui n'est qu'un instinct brut, sauvage, égoïste, mâle. Avec du temps, des soins, des efforts et un concours de choses, l'or s'extraira du minerai, l'animal s'apprivoisera, l'individu s'humanisera; et, triomphant du sexe exclusif, l'amour existera enfin dans un sentiment qui sera — si j'ose m'exprimer ainsi — hermaphrodite... Tenez, les femmes qui se lamentent de n'avoir plus été aimées, dès qu'elles eurent consenti au dernier sacrifice, devraient se dire qu'elles ne l'ont jamais été, qu'elles ont été désirées, obtenues : un point, c'est tout.

— Belle consolation!

— Voyez-vous, l'amour, le vrai amour, le seul amour, sur lequel reposent la confiance et le bonheur de deux vies, n'est, en réalité, en définitive, que de l'habitude. C'est, si vous le voulez, la forme la plus noble, la plus généreuse, la plus intéressante de l'habitude; c'est une sublime manie. Et la force d'un amour sera en raison directe de sa durée, alors qu'un être est devenu l'habitude d'un autre par tous les liens de toute l'âme et de tout le corps. Chaque jour d'amour en commun, par les actes qui s'y succèdent, par les souvenirs dont la veille a augmenté ce lendemain, ajoute des fils à l'habitude, serre des nœuds nouveaux. C'est en ce qu'il a d'habituel que l'amour ne peut se passer de son objet, qu'il fournit dans un autre une seconde nature, et soumet tous les mouvements, toutes les pensées à un attachement machinal, actif, tranquille; et c'est en ce qu'elles ont de maniaque que certaines amours nous stupéfient à les voir si incorrigibles, si incurables, furieuses et mortelles....

Mme Saint-Vrain des Ormes était plus irritée que conquise par les prétentions à la probité qui s'étalaient dans ces discours. Elle y avait prêté l'oreille, avec un de ces airs qui ripostent continuellement, sans avoir besoin d'interrompre.

— En résumé, dit-elle enfin, les femmes ne peuvent se reposer sur aucune garantie?... Le temps pendant lequel elles

Votre système me semble un assez bon procédé de chantage.

MERCI. ET AU REVOIR...

font durer une cour est du temps perdu ?... On les met en demeure de risquer, dès le début, leur suprême enjeu à une partie où vous reconnaissez qu'elles sont souvent exposées à tout perdre, tandis que leurs partenaires sont toujours sûrs d'y gagner quelque chose ?...

Malgré lui, Gérard ne parvenait pas à imposer à ses propos un tour caressant. Était-ce par une sorte de dépit contre ce que sa compagne mettait de hautain à se montrer pourtant si accessible? ou l'hostilité de frontières régnant entre deux esprits, alors qu'ils en seraient à se toucher le plus étroitement?

— Pourquoi, objecta-t-il, les femmes se refusent-elles le même esprit de tentative, l'insouciance de mœurs que les hommes se sont arrogée? Cela leur serait facile en ne conservant, des préjugés actuels, que le respect des apparences et tout ce que la décence officielle prépare de délicat au contentement privé des appétits. Appréciez combien les chances de faire éclore l'amour se multiplieraient ainsi, et, en tout cas, de combien s'accroîtrait le capital des plaisirs en circulation dans l'humanité!... Bref, le choix réciproque entre deux êtres, sans volonté de suite, pour le charme de satisfaire une fantaisie double, dans l'espérance qu'un beau sentiment va peut-être poindre, ou sinon un souvenir léger, mutin, de nuance violette comme doit être le menu regret d'une joie rose...

— Mais que deviendrait le mariage?

— Il n'est pas en cause : la réforme ne saperait que la moralité de l'adultère usuel.

— Chut!... Cette expression me fait toujours l'effet d'un gros mot... Oui! mais alors : les enfants?...

— Ce n'est pas la frivolité qui les engendre, le plus ordinairement....

Laure accueillit ce dire par la petite grimace de quelqu'un qui n'engagerait personne à s'y fier. Puis, elle hocha la tête; et sa voix se fit assez insinuante et plaintive pour qu'il restât un peu de coquetterie féminine dans la gravité de ses réflexions :

— Croyez-moi ; la question est insoluble entre les deux sexes... En amour, les hommes ont un but, ils connaissent ce but, ils peuvent l'atteindre... et, ce qui est plus, l'avoir atteint... Vous me répondrez que les femmes ont un but aussi, et que ce but est le même?... Et moi, je vous dis que non!... A leur idée, cela n'est qu'une circonstance. Elles partent avec vous; mais à destination d'au-delà, vers l'inconnu, vers l'indéfinissable, vers l'infini... Chez vous, messieurs, aimer, c'est agir. Faire l'amour! Il fallait être bien homme pour créer cette expression!... Chez nous, c'est agir et vivre. Nous aimons comme vous, et, en plus, comme nous; ainsi, l'on est loin de compte... Un homme a des amours, ou même un seul amour; quand il n'aime pas une femme, il n'aime pas... Nous, nous avons l'Amour; nous aimons toujours, même sans aimer un homme. L'amour circule en nous, continuellement, comme notre sang. Une fois que le sentiment s'est éveillé dans notre cœur, il y bat toujours, jusqu'à la mort, même à vide, surtout à vide, parce que c'est rare, exceptionnel, que nous ayons rencontré quelqu'un qui veuille ou sache occuper toute la place. Lorsqu'il ne nous est pas possible d'être attachées à personne, nous aimons cependant, encore, quand même!... aussi mal et autant que l'on respire avec un seul poumon.

A écouter la certitude résignée, la foi avec laquelle elle dévouait à mourir de l'amour, ainsi qu'on meurt de la vie, toute la race de ses pareilles, Gérard revenait au souvenir de cette mélancolie qui l'avait tant frappé en elle, dans son aspect du premier soir. Par une suggestion qui succédait à la vague intuition, il imaginait maintenant, dans certaines âmes, un dédoublement d'existence où l'amour entrerait pour une moitié égale à la part de la vie; et il concevait le mystère de ce qu'un regard de femme peut mêler parfois d'amoureusement malade ou mort à la demi-santé de ses prunelles.

— Je pense, madame, qu'il serait superflu de vous demander si vous avez aimé?

— Oui.

— Votre mari?

Elle ne répliqua point. Depuis un instant, elle avait ralenti le train des pas; et ses lèvres se violaçaient sous le froid.

— Me voilà devant ma porte, fit-elle... Retenez-en la rue et le numéro... Je vous ai déjà dit quel jour on me trouve. Merci... Et au revoir...

Elle se retourna, bien blonde, dans une auréole grise.

III

Le lundi suivant, Gérard se présenta de bonne heure chez Mme Saint-Vrain des Ormes. Elle était encore seule, dans un petit salon en rotonde où les meubles, les rideaux, les tentures, tout était bleu comme le ciel peint au plafond. Pas un or, pas un bibelot. Dans toute la pièce, il n'y avait, pour chatoyer, que la boucle en argent d'une ceinture azurée dont Laure marquait sa taille sur une jupe droite, très simple, de drap bleu moins clair. Quand le jeune homme entra, elle était debout, près d'une fenêtre, les mains derrière le dos. Elle se retourna, bien blonde, dans une auréole grise dont la buée de son haleine avait teinté la vitre.

— J'ai beaucoup songé à vous! déclara M. de la Malgue, sans autre préambule.

Et c'était bien vrai! Elle l'avait intrigué ardemment, d'abord par l'espèce galante de sa beauté, auprès de laquelle il n'avait pu s'employer sans y prendre une angoisse des sens; ensuite, par tout ce que sa condescendance familière et puis les envolées de son âme savante avaient suscité d'hypothèses, de pronostics et de dispositions en lui. Leurs relations s'étaient nouées d'une façon si anormale, avec la si soudaine importance d'avoir un caractère illicite, qu'il n'avait pu se les remémorer qu'à travers un doute sur leur réalité. Vis-à-vis de lui, il avait vu Laure se mouvoir avec les manières aisées du vice, au milieu des conditions de la vertu mondaine dans lesquelles son rang la tenait installée. Il avait une sécurité de l'avoir coudoyée, entretenue, de savoir son nom, son adresse, sa parenté; et aussi une inquiétude d'imaginer en elle un personnage fatal, un monstre parisien, une de ces créatures bizarres dont on a la notion pour avoir appris par d'autres qu'un autre en a rencontré, et dont l'existence n'est naturellement admise que dans ce surnaturel où l'on se représente les aventures d'autrui.

Pendant que se dissipaient ses dispositions au fantastique, et parmi cette atmosphère bleue dans laquelle le vêtement de la maîtresse du lieu s'harmonisait jusqu'à l'effacement, Gérard n'aperçut rien de plus rassurant, en inspectant la pièce à la dérobée, qu'une photographie du mari sur un guéridon... Et il palpitait d'une audacieuse alarme, lorsque Laure, allongeant sur un siège la svelte animalité de son corps, fit briller, dans un hospitalier sourire, des dents de joli loup-garou.

— Moi, répliqua-t-elle avec beaucoup de politesse, j'ai décidé que vous étiez un libertin...

— Je ne puis me défendre que si vous établissez davantage votre accusation.

— Eh bien, je me suis dit que vous aviez une façon de vous présenter un peu différente de l'ordinaire, peut-être plus estimable, en tout cas moins respectueuse et moins illusionnante..., mais que, au fond, vous étiez tout semblable aux autres...

— En quoi?

— En ce que vous n'admettez pas que l'amour doive être chaste, ni même qu'il ait le droit de l'être... Fi donc! Vous voulez qu'on le cherche froidement dans une... chose... qui est grossière, indigne et ridicule, tant que les ferveurs du sentiment ne sont pas venues lui apporter l'excuse de... sembler... une... cérémonie...

Elle avait murmuré cela d'un ton qui faisait songer à bien des grâces apprises, chez une pareille desservante. Gérard ne la jugea que plus particulière encore, dans la pensive effronterie avec laquelle elle ramenait tout de suite la conversation sur le sujet dont c'est le plus convenu de parler le moins. Et, — comme il s'était toujours interdit la prétention égoïste de demander aux vies que l'on rencontre à un tournant de sa propre existence, de n'en être, elles, qu'à leur point de départ, — il s'épargna là une remarque dont beaucoup à sa place eussent tiré l'occasion d'idées impertinentes ou facilement capables; et il se contenta de chercher dans Laure cette saveur que dégagerait un naturel de femme à ne plus être neuf.

— Je ne m'expliquerai jamais, poursuivit-elle, cet acharnement à obtenir de nous ce que n'importe quelle autre pourrait accorder également, avec des mérites à peu près équivalents?... Seules, les âmes me font l'effet d'être incomparables entre elles, et de valoir qu'on y choisisse son but de conquête. Est-ce permis de ne point apprécier, avant tout, les délices de la pure affection! Convenez-en : il n'y a que les qualités de cœur et d'esprit qui varient et se compliquent assez pour former les objets, dont l'attrait, aux yeux exclusifs de l'amour, est de paraître uniques en leur genre?... Mais *cela!*... Comment est-il possible d'attacher tant d'importance à *cela!*...

Laure s'était un peu exclamée dans ces derniers mots, comme en se raidissant contre des visions qui eussent fait brusquement courir par ses nerfs un éclair de révolte.

Son contradicteur objecta doucereusement :

— Tant d'importance dans la sollicitation?... ou tant d'importance dans le refus?... Car, enfin, c'est fort bien d'alléguer que l'amour spirituel soit tout, auprès de l'insignifiance du reste. Mais cependant la valeur des choses, par le monde, n'est grande qu'en proportion de l'âpreté qu'on témoigne à les conserver, et non de la générosité à en faire le don. Or, lequel des deux est d'un plus sincère commerce, de celui qui déclare (peu discrètement, je l'avoue, même assez imprudemment) : — « Voici le trésor que je réclame d'abord, parce que c'est le plus précieux que vous ayez; » ou de celle qui répond : — « C'est le seul dont je ne veuille pas me dessaisir, parce qu'il ne vaut rien? »

Elle l'avait laissé ainsi aller tout au long de ces phrases, enfonçant son buste dans la mollesse d'un coussin de plumes, les cils baissés, les sourcils aussi légèrement froncés qu'était léger l'effort de ses doigts pour rouler une carte de visite en cornet et la dérouler, par un mouvement monotone et si nul, qu'on n'aurait pu le commenter qu'en ces termes : — « Comme ça, c'est fait...; et puis, comme ça, c'est défait... »

Et pourtant, devant la pose voluptueuse de ce corps négligent, Gérard sentait ses désirs de l'avoir inexplicablement croître et se concentrer sans résolution, comme un guet de félin, sur le petit geste dans lequel les deux mains effilées remuaient avec une agaçante douceur.

Il dit, en pesant sur les mots :

— Ainsi, vous par exemple, si j'employais quelque insistance à vous mendier ce que vous évaluez si bas, et ce dont j'ai bien envie, je suis convaincu que, pour le moins, vous jetteriez aussitôt les hauts cris... Ah! vous voyez!... Mais si je vous demandais toute votre amitié, c'est-à-dire le comble de ce qui vous paraît mériter d'être demandé, je ne croirais pas impossible que, dès maintenant, vous me la promissiez, et même plus qu'entière, exceptionnelle, sous l'influence d'éprouver à votre tour qu'il règne, de vous à moi, une force de choses inexprimées, peut-être un peu fatales, point banales à coup sûr...

Elle eut une manière rétive de tendre le col, en se dérobant à la question.

— Encore aurais-je besoin, fit-elle, d'arriver à une opinion sur votre caractère.

Vous ne devez pas être violent, mais pouvez-vous être tendre? On ne sait jamais si vous êtes sérieux ou moqueur?... En tout cas, vous ne me semblez pas susceptible d'avoir éprouvé de grandes douleurs morales...

Gérard la suivit dans le tour par où Laure faisait obliquer la conversation, tout en commençant à deviner confusément que, depuis qu'il lui avait parlé, chacune de ses

— Encore aurais-je besoin d'arriver à une opinion sur votre caractère.

paroles l'écartait davantage du chemin qui menait à la séduire :

— En effet, madame, j'ignore ce que vous demandez par « douleurs morales. » Je connais des causes morales à la douleur; mais celle-ci m'a toujours paru n'être que physique.

— Vous ne faites là que jouer sur les mots.

— Non pas... Et du reste si ma démonstration allait rester obscure, adressez-vous à la première personne que vous surprendrez dans une crise de l'inquiétude la plus vive ou du plus affreux désespoir : et priez-la de vous expliquer ce qu'elle ressent au juste..., mais bien au juste. La personne se tâtera peut-être, et ne trouvera jamais à vous exprimer que des sensations locales d'oppression, de tension, et d'une certaine analogie avec ce que vous vous rappellerez avoir eu pendant la migraine. C'est-à-dire que si l'on s'avise de préciser la nature des douleurs morales les plus graves, on constate que cela ne dépasse pas les douleurs physiques les moins aiguës.

— Oh! la migraine est quelquefois terrible! fit incidemment Laure, en femme qui s'opposait à ce que l'on réduisît l'importance d'une des attributions de son sexe.

— Mais, insista Gérard, si vous recueilliez vos souvenirs, ne pourriez-vous déterminer où siège, chez vous-même, la soi-disant douleur morale?

— Mon Dieu, je ne suis guère préparée pour une consultation à cet égard... En général, cela me fait mal aux tempes, au cœur, dans la gorge...

— Remarquez combien j'ai à tirer parti d'une distinction où vous n'aviez tout d'abord rien vu que de byzantin. Je vous aurais juré que ma nature fût la plus sensible du monde, vous auriez été fort capable de conserver là-dessus quelque doute ; j'eusse été, malgré moi, réduit à rester sous le couvert des termes abstraits. Tandis que, maintenant, je me suis fourni la possibilité de vous prouver, en vous en décrivant des symptômes qui ne s'inventeraient pas, la quantité et la qualité des motifs de souffrir auxquels je puis être sujet. Interrogez-moi plutôt?... Voulez-vous que je vous expose en quoi consiste physiquement la douleur de n'être pas aimé?... ou celle de ne plus l'être?... Je tâcherai de me montrer péremptoire autant que minutieux.

Laure prit un instant de réflexion pendant quoi, à s'en rapporter au genre de bonhomie qui était esquissé sur son visage, elle devait hésiter entre divers degrés de malignités ; et, faisant un retour vers la question que Gérard avait, dès l'origine, posée entre elle et lui, comme vers le gîte autour duquel tournent perpétuellement toutes les chasses galantes :

— Initiez-moi seulement, répliqua-t-elle, aux caractères de l'émotion qui doit tourmenter un honnête homme, quand il ne réussit pas à s'éprendre d'une femme dont il a tout obtenu, et envers qui pourtant il ne peut s'acquitter qu'en la payant d'amour?

— Voici que vous mettez mon expérience en défaut, car aucune fatalité ne m'a encore infligé cette sorte de peine. Mais vous plairait-il que je m'appliquasse à vous édifier, de mon mieux, sur ma compétence en matière de jalousie?... d'absence ou de mésintelligence en amour?...

— Allez toujours.

— Par exemple, quand on est fâché avec ce que l'on aime...

— Pardon? S'agit-il d'être fâché par sa propre faute, ou sans sa faute?

— Oh! que le tort vienne de soi ou de l'autre, les effets sont identiques. Ni le remords ni la rancune n'ont de part essentielle dans cette espèce de malaise, qui se manifeste comme un accident spécial de mécanique vivante. Dans l'état d'amant brouillé, en se consultant soi-même, on se découvre au cœur un déclanchement. J'entends par là que la brouille amoureuse opère à la façon d'une déclanche, ce qui est le nom d'un appareil destiné à séparer deux pièces d'une machine dont le mouvement était lié. Mais je voudrais être plus clair, en recourant à une comparaison auprès de quelque objet dont le maniement soit journalier... Ne subissez-vous point parfois l'énervement d'être aux prises avec une boîte d'ivoire, un étui d'ébène, un flacon d'or ou d'argent, pour lui remettre son couvercle très ajusté ou dont le pas de vis est extrêmement subtil?

— Ah! dit Laure, à qui demandez-vous cela!... Quand, du premier coup, on n'a pas rebouché d'aplomb, il vaut mieux y renoncer. Moi, je tape d'abord du pied; et bientôt je laisse l'affaire aux soins de la femme de chambre.

— Alors, vous êtes toute préparée à comprendre comment il peut s'agir ici d'un déboîtage auquel les soupirs, en soulevant le cœur, essaient de remédier. Le moyen paraît bien faire, pendant le temps où le cœur monte; mais dès que celui-ci redescend, on éprouve qu'il est encore reparti de travers, qu'il passe à côté du remboîtement et qu'il va être arrêté avant le but par une résistance très ferme... Oh! l'on sent bien qu'il n'y a rien de cassé; mais on a aussi des rages, des envies impuissantes de forcer...

— Je ne doute point, interrompit la jeune femme, que ces observations ne soient fort exactes. Mais quel compliment espéreriez-vous pour être si expert en fait de querelles? Vous m'aviez offert aussi de m'instruire sur votre façon d'endurer les épreuves de l'absence; et ce savoir-là chez vous m'eût paru d'une acquisition plus méritoire.

— Veuillez remarquer que, en tout ceci, je dédaigne de noter les phénomènes physiques, du côté de l'appétit, du sommeil, qui sont d'une banale renommée. Pour ce qui concerne exclusivement la maladie de la séparation, je vous signalerai un désordre général dans le fonctionnement des sens. D'abord, un mirage, en vertu duquel on aperçoit constamment l'être absent dans les personnes entrevues de loin, et dont la forme et l'allure s'y rapportent quelque peu. Sans doute, ce trouble visuel résulte de l'intensité que les souvenirs, les désirs mettent, en arrière, à charger la rétine d'une vision qui, naguère, était régulièrement absorbée par la contemplation extérieure de l'objet présent... Et puis, les bruits, les musiques, surtout les voix des autres qui sont filandreuses, flottantes, jusqu'au moment où le son final de la phrase vous semble avoir quelque chose de brusque, de dur, de recourbé comme un hameçon, et par quoi un petit bout de votre attention, avec un scintillement éperdu, vient d'être pêché dans l'étang de solitude que vous sentez enclos en vous...

— Alors, vous êtes toute préparée à comprendre.

Au fur et à mesure que Gérard s'évertuait à pérorer ainsi, Mme Saint-Vrain des Ormes avait joué de telle sorte avec les doigts d'un de ses petits pieds, qu'elle en avait fait jaillir le talon hors du soulier ; et, tandis qu'elle s'entêtait en vains efforts pour se rechausser sans le secours de la main, la pensée du jeune homme se glissait au long de cette jambe croisée sur l'autre. Il se rappelait ce qui lui en avait été découvert, le soir où il les avait regardées descendre le perron du théâtre et quelle impression perverse il avait eue de ce qu'un jarret si robuste eût été consacré à porter un corps si légèrement svelte !... Il s'arrêta, concevant tout à coup le néant de l'influence intellectuelle à laquelle prétendait sa manie raisonnante. Il constatait un nouvel effacement du moral devant le physique, rien que dans l'action qu'avait sur lui une simple attitude de la femme dont tous ses frais d'imagination ne faisaient point l'émerveillement. Et il s'inclinait sous la force souveraine de bête jolie qu'il suffisait à cette créature, d'ailleurs intelligente, de dégager silencieusement.

Sur ces entrefaites, Laure jugea bon de soupirer ; et, se prononçant dans un murmure de grande sœur qui n'espérerait pas faire profiter un aîné de sa remontrance :

— Après tout cela, je ne puis guère conserver l'illusion que vous accordiez à l'âme une existence à peu près convenable !...

— Oh ! l'âme ! répliqua Gérard, personne n'est plus que moi convaincu de sa présence en nous. Je vous dirai même que je connais de vue la mienne, et que j'en pratique le spectacle matériel. Oui, je sais où est mon âme, quel est son aspect réel, et presque ses dimensions. C'est un petit espace noir, terne comme la suie, situé derrière mon front, au-dessus de ma nuque, et qui affecte assez la forme d'une toque de magistrat. Surtout ne supposez pas que je mésestime l'âme. Au contraire, son secret m'intrigue, me hante, m'affole. Et de cela, voici la raison bien légitime : à force d'avoir étudié des planches d'anatomie, je me représente complètement l'intérieur de mon corps ; je discerne la couleur, la condition de mes muscles, de mes viscères, de mon cerveau. Mais nulle part je n'ai trouvé dépeint, ni même bien indiqué, ce vide opaque, cette région d'ombre, dont je distingue parfaitement le règne, sous mon crâne, entre mes deux oreilles. Aussi j'honore l'essence de mon âme d'une telle différence avec celle de mon corps, que j'ai la perception physique de loger dans ma tête une substance inimitable, un coin d'énigme divine, un trésor de magie... Mais vous-même, madame, votre âme, la vôtre, voulez-vous la voir tout de suite ?... vraiment la voir ?... C'est bien simple : fermez les yeux..., couvrez-les bien...

Laure s'était machinalement conformée à cette indication ; mais, y contrevenant aussitôt, elle dessilla ses prunelles, dans une mine de sagacité naïve qui faisait même un peu pointer le bout de sa langue, comme si elle se fût soudain défiée de n'avoir plus l'œil et la griffe en garde contre n'importe quoi. La contenance de Gérard la rassura ; néanmoins, pendant qu'elle reposait les doigts sur ses paupières, elle étendit délicatement les paumes sur sa bouche et ses joues, substituant ainsi, à son exquis visage, le masque encore plus expressif et troublant que forment deux mains de femme.

— Bon ! reprit le jeune homme, maintenant plongez la vue au dedans de vous, par les fenêtres qu'on a sur la cour de soi-même. Comme c'est noir, hein ? Voilà votre âme ! L'âme, c'est encore une petite cour sans jour, sans air, sans bruit ; ou bien ce serait aussi une minuscule salle de théâtre dans l'obscurité.... A présent, agitez votre mémoire, forgez des songes, évoquez des personnes ou des choses à votre choix... Est-ce fait ?

— Permettez !... Une minute !... Ah ! j'y suis... Je revois un souvenir...

— Alors le rideau s'est levé, vous assistez à un inverse des ombres chinoises, dans lequel les formes sont lumineuses sur tableau noir. Le centre éclairé de la scène a pour encadrement ces ténèbres surnaturelles, qui sont le reste, la majeure partie, de votre âme. Tout ce qui, alentour, est refoulé, compactement noir et pressé de rétablir la nuit intérieure, la nuit permanente de penser ignorément, c'est la quantité d'âme qui ne concourt pas à votre réminiscence actuelle.

— Mais il me semble que ma cervelle, d'un bout à l'autre, est emplie de lumière.

— En ce cas, déclara gravement Gérard, c'est que vous vous serez livrée à une idée, dont votre âme puisse être pleine.

Sur ces mots, Laure laissa tomber lâchement ses bras ; mais vite dissimulée, dans une façon entre ses ongles, de rétablir la cambrure de ses cils en les rendant au jour :

— Ainsi, acquiesça-t-elle, l'âme est noire!

— Hélas! oui, madame; et n'est-ce point la puissance de son reflet qui assombrirait le physique même des gens occupés ordinairement à méditer et à s'observer? Ceux dont les yeux ne se tournent que vers le dehors doivent être divertis par la variété des lignes et irradiés par l'éclat des nuances universelles. Mais les autres qui, à ouvrir les regards vers leur dedans, voient toutes leurs impressions de la vie humaine ne se détacher que sur fond noir, ne se délimiter qu'entre des châssis noirs!... Et quand, en ces heures de leurs abstractions les plus altières où parfois ils atteignent jusqu'à Penser sans penser à rien, ils se sentent ne plus devenir qu'un vertige de noir penché sur du noir, que du noir abîmé dans du noir!... Ah! misère!

A ce moment, le tête-à-tête fut rompu. Les deux battants de la porte avaient donné passage à un second visiteur. C'était un homme de trente ans peut-être, très grand, très correct de mise, à moustaches roussâtres et retroussées par une frisure, avec des yeux brillants et étrangement limpides, comme des yeux de verre.

Une rapide rougeur avait teinté la figure de Mme Saint-Vrain des Ormes.

— Vous! s'exclama-t-elle; comment, c'est vous!...

Elle se récriait avec la vivacité que provoquent également les surprises les plus hors de propos, ou, tout à l'opposé, celles des coïncidences.

L'intrus, de son côté, avança les lèvres par un de ces sourires qui ne sont qu'une extension du sérieux, et jamais un acheminement vers le rire.

— Etais-je donc tant inattendu de vous? répondit-il d'une voix grasse, où une intention de politesse, et même d'esprit peut-être, s'attachait à la manière de bien articuler... Vous m'interpellez ainsi que l'apparition qui eût été la plus loin de votre esprit?

— Non pas, protesta Laure en secouant son front... Tout au contraire, murmura-t-elle plus bas, la tête un peu renversée, le regard obliqué dans le vague, la bouche mollement entre-bâillée sur les dents jointes.

Gérard avait eu un instinct de se retirer. La jeune femme insista pour le retenir, avec un ton de prière presque impérieuse et aussi presque craintive, en l'adjurant d'attendre le thé. Elle avait déjà sonné afin de donner les ordres à cet égard. Et, encore debout entre ces hommes qui ne se connaissaient point, elle s'était empressée de faire naître des sujets de conversation, dont le train fût assez terre à terre pour ne plus toucher à rien de l'entretien précédent. Mme Saint-Vrain des Ormes se tournait de celui-ci à celui-là, dans un bavardage équitable où elle obéissait visiblement à une agitation de timidité, comme si elle se fût sentie responsable de ce que l'un de ses interlocuteurs, qu'elle aurait devinés peu compatibles, allait pouvoir dire

C'ÉTAIT UN HOMME DE TRENTE ANS, TRÈS CORRECT DE MISE.

qui le livrât en pâture aux appréciations de l'autre.

On se mit en demi-cercle autour du feu, et Gérard ne prit plus qu'une part intermittente et superflue à la causerie qui s'ensuivit, pour ne point, d'ailleurs, durer longtemps.

Mme Saint-Vrain des Ormes parlait de manière à faire entendre que le nouveau venu eût des talents à jouer du violon, à chanter, à composer des vers, des mélodies et du modelage en cire. Celui-ci, malgré ses dénégations et son énergie même à soutenir que cela n'était pas, avait, par alternatives, une façon tellement discrète de concéder combien cela du moins était peu, qu'on l'en devait estimer bien capable de s'adonner en cachette à ces variétés d'art, mais rien que pour son propre plaisir, quand il était extrêmement seul.

Et, dans l'ensemble de leur dialogue, Gérard puisait une idée trouble que Laure connût le personnage mieux qu'il ne se connaissait lui-même, ou alors plus que ce dernier ne voulût, en la circonstance, se reconnaître connu d'elle. A moins que l'étranger ne fût simplement de cette race de gens dont l'excès de civilisation répand quelque chose d'artificiel et d'équivoque partout où ils séjournent. Rien de ce que racontait celui-ci ne s'adressait plus décidément à Mme Saint-Vrain des Ormes qu'à Gérard, ni encore qu'à soi, tant ses yeux, dans leur transparence de cristal, étaient mobiles et tombaient au vide, en sautant de l'un à l'autre de ses auditeurs. Il parlait avec la banalité indifférente de quelqu'un qui n'eût point dit ce qu'il avait à dire, et aussi avec une bizarrerie d'insignifiance où il ne paraissait pas toujours dire ce que même il disait. C'était un homme qui suivait les premières représentations, et au fait des sujets d'actualité frivole, sur lesquels on pouvait avoir l'occasion mondaine de se prononcer. En même temps, il avait des allusions favorables ou des silences protecteurs envers la littérature des petites revues, la peinture des expositions particulières, et la musique de cénacles entre initiés ; mais, dans l'aveu de ses goûts, il apparaissait bien ne pas y tenir plus que par exemple il ne le lui fallût pour se faire qualifier — ainsi que le fit Laure — de mauvais sujet. Au cours de ses propos, il eut à nommer plusieurs célébrités de divers ordres ; et il en énonça les noms avec autant de familiarité que s'il se fût agi d'amis intimes ; et toutefois il se réservait, à leur égard, dans la mesure pour laquelle les journaux et les on-dit l'eussent renseigné suffisamment. Bref, il éveillait l'idée d'un individu plutôt près d'en être un autre, à côté de toutes choses, et presque à côté de lui-même. Sa nature semblait ne reposer sur rien de foncier. Son physique avantageux, son air élégant, ses frais de bonne grâce lui constituaient certainement une valeur, mais qui pouvait n'être que fiduciaire et sous laquelle ne serait resté qu'un être voué à tromper, malgré lui peut-être, à inconsciemment décevoir.

Gérard, en plusieurs circonstances, éprouva le besoin de le contredire ; mais jamais cette stimulation ne lui fut plus vive que lorsqu'il eut occasion de se prononcer contre quelques opinions qui étaient auparavant les siennes, et dont une hâte à ne pas y résider avec ce causeur inconnu le faisait momentanément sortir. A ce métier, Gérard avait le sentiment de devenir faux à son propre tour, tandis que Laure feignait d'approuver successivement tout ce que ses deux hôtes s'objectaient d'inconciliable, dans cette atmosphère qui respirait la fausseté, comme la jeune femme embaumait le chypre, et où les paroles semblaient vaporiser un insaisissable mensonge. Ce fut peut-être aussi la lente odeur de se sentir « de trop », que le tiers survenu fut le premier à ne pouvoir supporter plus longtemps.

Il adressa à Gérard un salut limité à ce qu'il devait, ne lui ayant pas été présenté, par une incorrection qui s'était tout d'abord confondue dans l'émoi dont sa soudaine arrivée avait été le signal pour la maîtresse de maison. Et il prit congé de celle-ci, en lui disant : « A bientôt ! » avec une intonation d'exigence courtoise, plutôt que de promesse ou de simple espoir.

Après ce départ, Gérard risqua insidieusement :

— Quand j'ai été dérangé dans l'exposé de mon petit système, j'allais encore abuser de votre complaisance pour vous soumettre l'analyse de l'indisposition organique qui résulte du soupçon qu'un homme est plus que l'on n'est soi-même à l'égard d'une femme avec laquelle on se trouve en trio.

Laure haussa faiblement les épaules, et, comme par un moyen d'acheter ainsi une conscience qu'elle voyait prête à rendre contre elle un arrêt téméraire, elle avança un peu la tête, rien que sa tête et pour n'en faire que, d'autant, son regard plus proche du jeune homme. Et alors, elle le regarda avec ses beaux yeux, si fixement que cette tension les illuminait d'une lueur singulière et d'un miroitement attendri.

Dans un de ces instants qui font marcher involontairement la vie, Gérard ne fut sans doute pas maître de résister à ce qu'une pareille fascination ne pensait peut-être pas commander... Subitement, il fut côte à côte avec Laure sur la chaise longue où elle s'était rassise. Et il lui pencha son visage vers le visage, lui enlaçant d'un bras la taille, lui saisissant à poignée les doigts des deux mains, la rudoyant presque avec cette brutalité résolue, comme de chirurgien, qui, dans les tentatives galantes, croirait s'excu-

Laure se délivra sans recourir a la force.

ser par une passion de guérir, par un droit de faire du bien.

Laure se délivra sans recourir à la force, ni à l'indignation, ni aux menaces, sans probablement même savoir comment, par la seule expression de répugnance féroce dont frissonnait son corps, qui crispait ses traits et embusquait, dans le coin des orbites, ses prunelles d'azur devenues en acier bruni.

— Vous êtes fou ! murmura-t-elle doucement dès qu'elle fut libre... Quelqu'un pouvait entrer !...

Par sa figure si vite rassérénée et par le sens purement relatif de ce reproche, elle rappelait une fois de plus à Gérard, encore stupéfait, le contraste chez elle entre un esprit communicatif, très accessible, affranchi de scrupules, et une chair rebelle à toute étreinte. que le moindre toucher convulsait mystérieusement comme une pratique d'exorcisme.

Déjà elle avait repris une attitude à nou-

C'ÉTAIT A PRÉSENT DANS LA GLACE QU'ELLE SE MONTRAIT.

veau tentatrice, accoudée sur la cheminée, son menton impérieux reposant au creux de ses mains, les reins cambrés dans une souple irrévérence, tandis que ses petits pieds pointaient, au bas de sa robe courte et monotone comme celle d'une pensionnaire.

C'était à présent dans la glace qu'elle se montrait sous le casque de cheveux blonds avec lequel sa beauté semblait être soudain sortie des ombres mythologiques, et apparaître armée en cap. Et, n'ayant plus pour lui faire face que ce reflet auquel il s'adressait encore et dont il écoutait les lèvres, devant cette image si prête à s'évanouir, Gérard eut tout à coup une vision prodigieusement sensible et résumante de tout ce que la jeune femme lui avait fait percevoir en elle de glacé, de fugitif, d'impénétrable et d'intangible.

— Est-ce que vous reviendrez bientôt me voir? demanda Mme Saint-Vrain des Ormes en s'apercevant qu'il s'apprêtait à se retirer.

Après une hésitation, Gérard répliqua :

— Eh bien, non... Je préfère non.

— Vraiment!... Et pourquoi cela?

— Quoique vous ne m'avez probablement qu'un faible gré d'avoir joué cartes sur table avec vous, je me résigne à finir la partie ainsi que je l'ai engagée... M'excuserez-vous, du moins, de m'en tirer par une comparaison qui, j'en conviens, vaudrait mieux à être plus poétique? Voilà donc : quand on apprend que l'angine, les oreillons ou la rougeole sévissent dans une maison où aucun devoir ne nous appelle, est-ce l'habitude d'y retourner? N'évite-t-on pas plutôt d'aller chercher la maladie qui peut se gagner là, et que l'on ne gagnerait pas ailleurs?

— Alors?... fit-elle brièvement.

— Alors, pendant que je reste à peu près sain encore, avant d'avoir tout à fait compromis mon état, je me dois de me mettre à l'abri contre ce qui me menacerait naturellement dans une fréquentation telle que la vôtre.

— Je ne me serais pas crue pestiférée à ce point.

— Cependant, madame, je ne puis plus m'illusionner sur l'imminence des dangers qui me guetteraient auprès de vous. Déjà, j'avais des palpitations, de douter sur ce qui me fût ou non possible, et la fièvre de vouloir immédiatement l'impossible. Je sentais venir des ardeurs délirantes, la folie des vains désirs...

— Oh! l'entêté! Il ne prononcera pas le seul mot décent et pardonnable! C'est trop fort! Il ne dira pas qu'il risquait d'attraper ici l'amour!

— Vous savez bien que cela, je ne le prévois pas tout de suite. Mais pour après..., plus tard..., parfois!... peut-être?...

Et il posa sur la main — que Laure se retenait un peu de lui tendre pour d'autant l'en retenir — un baiser d'adieu.

IL EUT LA SURPRISE D'APERCEVOIR LAURE AU BUFFET DU REZ-DE-CHAUSSÉE

IV

Des semaines se passèrent, jusqu'au printemps, sans que Gérard ne revît Mlle Saint-Vrain des Ormes.

Un soir, en arrivant au bal par lequel la baronne de X... inaugurait son nouvel hôtel, il eut la surprise d'apercevoir Laure, de loin, au buffet du rez-de-chaussée. Son teint nacré la faisait se détacher comme une rose blanche, au milieu des femmes rapprochées en bouquet et tout empourprées d'animation et de chaleur. Dans une main, la traîne de sa robe, un mouchoir de dentelle, une petite cuiller de vermeil, dans l'autre main, un éventail et la soucoupe de sa tasse de glace, avec ses bonjours à des survenants et ses vigilances pour sa toilette, elle gardait néanmoins, par-dessus les affairements de sa belle personne, un regard évadé, un de ses regards violemment ailleurs. Et cependant, tout près d'elle, le cavalier servant, qui lui bavardait à l'oreille, avait sur le revers de son habit une marque de poudre de riz, pareille à ce qu'une épaule décolletée aurait pu y poser, à quelque tournant d'étroit couloir, par une caresse chatte, dans un rouron de femme.

Au moment où Laure aperçut M. de la Malgue à son tour, il lui envoya, dans un sourire et dans un hochement de tête, cette expression d'assentiment irrespectueux qui veut dire : — « Ah! ah! je vous y prends!... » D'un geste négatif, et avec un air d'indignation amusée, elle fit énergiquement : — « Non! » Puis, se frayant un passage, elle rejoignit Gérard.

— Offrez-moi donc votre bras pour me promener, ordonna-t-elle.

Et, sans plus de préambule, elle l'emmenait vers les salons du premier étage, avec des allures émancipées, une humeur d'espièglerie presque libertine, comme si ce brouhaha de fête l'eût fait sortir de son caractère, en vacances d'elle-même.

Au sommet de l'escalier, une portière intrigua la jeune femme. Celle-ci la souleva, ouvrit la porte qui se tenait derrière; et, constatant l'obscurité d'au delà, elle referma soudain avec un grand éclat de rire. C'étaient, par là, les appartements privés du baron et de la baronne. L'exemple de cette gaminerie inspira de même la la curiosité légère d'autres couples qui gravissaient aussi l'étage; et leurs éclats de rire successifs agacèrent puérilement Laure. Elle se retourna avec un dédain comique, envers ces rires envolés des femmes dans l'espace doré où ils montaient faire cortège au sien.

— Que trouvent-elles donc de si drôle à cela? murmura-t-elle en retroussant un coin de sa lèvre supérieure de manière à n'éveiller l'idée de l'innocence que grâce à ce qu'il y en apparaissait d'outrageusement feint... Faut-il que les gens ne sachent pas à quoi penser! dit-elle encore avec une mine de rouerie où elle se dispensait de méconnaître davantage les facilités immédiates auxquelles chacun pouvait bien imaginer plaisamment d'affecter ces chambres à coucher ténébreuses et vides.

Les deux compagnons avaient ainsi gagné le fond de la pièce du fond, dont la forme irrégulière et l'ameublement offraient un choix de retraites. Ici, les lumières étaient plus discrètes que dans les salons à danser d'en bas. D'épais tapis absorbaient tous les pas. Au lieu de glace, sur l'entablement de la cheminée, un aquarium élevait jusqu'au plafond son eau dormante, où se berçaient des algues vertes et où veillaient, tout au bord, des poissons de couleur.

— Ma parole, déclara Laure, ces poissons ont encore rougi depuis la dernière fois que je les ai admirés.

Et elle ajouta, en pirouettant sur les talons et en conduisant Gérard s'asseoir auprès d'elle :

— D'ailleurs, je ne sais pas pourquoi, mais je suis persuadée que c'est dans cette pièce que Mme de X... donne ses audiences aux messieurs.

Ses cheveux, bizarrement arrangés, bouclés, frisés, surtout ébouriffés, rendaient des reflets alezans à la lueur des lampes. Elle était juste assez mal peignée pour donner une envie de la dépeigner tout à fait, et pour donner aussi d'elle l'idée d'une personne qui est recoiffée plutôt que simplement coiffée.

Dans cette sorte de désordre, qui sans doute était voulu comme une façon de parure, elle fit à Gérard l'effet de s'être découronnée de ce pouvoir d'impassibilité, auquel il avait résolu naguère de ne plus se heurter. Et il fut repris, stimulé d'une irritation sensuelle, en subissant la perversité du contraste selon lequel elle semblait n'avoir ainsi profané l'orgueil de son front que pour faire valoir d'autant un négligé apparent, dans ce milieu de cérémonie.

Et puis, c'était aussi que, dans l'impudeur païenne des toilettes de bal où les femmes dressent hors de leur corsage la demi-nudité des sirènes, Laure lui révélait, pour la première fois, au-dessus d'un flot de tulle blanc, sa chair plus blanche encore, avec des clartés roses à fleur de peau, et toute éblouissante en sa propre lumière d'être nue

Devant cette fascination, Gérard fut entraîné à dire :

— Puisque j'avais su m'abstenir de vous importuner, pourquoi vous amusez-vous à vouloir me tourmenter?

— Moi, Seigneur!... Mais qu'est-ce que je vous fais? s'exclama-t-elle avec un reste d'enjouement mutin.

— Vous sentez bien que c'est, de votre part, un jeu méchant si, en m'amenant ici, vous n'étiez pas résignée à vous promettre à moi?

Tout de suite elle perdit son air évaporé, baissa la tête, comme rentrée en elle et remise à l'école des épreuves quotidiennes.

— C'est vous qui êtes méchant, murmura-t-elle, en me refusant d'être mon ami... Vous pourriez ainsi me faire beaucoup de bien. Aurait-on donc raison de prétendre que l'amitié soit impossible entre homme et femme?... Comment expliquez-vous cela?

— Au contraire, je suis convaincu que cette amitié est parfaitement possible, même fréquente... Ainsi, je crois l'avoir souvent rencontrée entre époux, chez lesquels, la plupart du temps, elle me semble former le lien de ce qu'on appelle les bons ménages.

— Vous faites semblant de ne m'avoir pas comprise; ou bien alors c'est moi qui ne comprends plus?...

— Voyons, vous seriez-vous jamais figuré l'amitié entre deux personnes, dont l'une serait constamment attentive à faire échouer les projets les plus chers à l'autre?... Non, n'est-ce pas?... Et quel est le projet principal, l'ambition permanente que doive infailliblement susciter et entretenir une femme telle que vous, chez un homme... de mon âge? Oh! ne feignez point : vous m'avez déjà répondu par ce sourire qui tâche de ne pas sourire... Il vous faut donc reconnaître que les amitiés s'établissent par une disposition à de mutuels assentiments, par une certaine communion ou des concessions dans les goûts. Excusez-moi d'ajouter que, au fond, elles ont toujours pour base un intérêt qui s'ignore ou non, et qui est tantôt réciproque, tantôt de l'un ou de l'autre... Ainsi, la plus inséparable, la plus touchante sympathie, dont j'aie encore été témoin, était celle d'un amant pour un mari.

— Mais, l'amitié des maris pour les amants?

Cette objection fit réfléchir Gérard.

ELLE L'EMMENAIT VERS LES SALONS DU PREMIER ÉTAGE.

— Cela serait peut-être, accorda-t-il, la seule tendresse qu'il y aurait de tout à fait pure au monde... Enfin, les mobiles intéressés y prenant leur part, ce qui complique, pour la femme, les difficultés de ses relations amicales avec l'homme, c'est qu'elle a été placée en cette circonstance, par la nature et les usages, dans la si délicate position de l'ami riche vis-à-vis de l'ami pauvre. Moi, par exemple, qui me flatte de ne pas être d'un commerce trop indiscret ni envieux, je contracterais vite, auprès de vous, un aigre ressentiment à me représenter cette opulence indicible, ce bien-être, ce luxe merveilleux, dont vous me cacheriez que vous ayez les ressources. Comment pourrais-je supporter votre négligence de ne me convier qu'à rien de modeste, d'ordinaire ou de terne, et de m'exclure, moi, votre ami, votre soi-disant ami, de la fête suprême, sans fin ni trêve, qui se donne en vous par le seul fait que vous soyez vivante, bien portante et belle?

— Oh! laissez-moi espérer qu'une vraie amitié n'en est pas à quelque invitation près.

— Mais je vous demande pardon! S'il me fallait formuler la plus brève définition de l'amitié, je résumerais par ces mots ce ce que l'observation m'en a appris: « ... C'est de s'inviter... » C'est le sentiment en vertu duquel un individu en invite un autre, à tout, toujours et partout. Et la marque authentique d'où l'on puisse inférer que les gens ne soient pas amis, et la conséquence absolue de ce qu'ils aient cessé de l'être, c'est lorsqu'ils ne s'invitent pas ou qu'ils ne s'invitent plus.

— Et vous, mon cher monsieur, voulez-vous que je vous définisse?.. Vous êtes un dépoète, le poète de la dépoésie.

— C'est-à-dire que, jusqu'à nouvel ordre, je ne suis que le médiocre monsieur en habit noir, auquel ces autres messieurs alentour ressemblent avec médiocrité. Toutefois, tant que vous serez encore là, il se peut que, par un geste ou un mot de promesse, vous fassiez de moi quelqu'un auquel personne ne sera plus pareil... Ma parole! cela me stupéfie qu'une femme résiste au plaisir, à l'orgueil ou simplement à la curiosité d'être surnaturelle, d'exercer, ne fût-ce que pendant un instant, la puissance d'enchantement qui lui a été dévolue! Mais, dans ce monde où ne s'accomplit plus rien de fabuleux, ni de miraculeux, où tout semble arrangé, réglé, terminé, parachevé, il ne tiendrait pourtant qu'à vous de décider quel jour et en quel lieu vous voudriez bien être, pour moi, celle qui transforme et transfigure. Ah! certainement, l'endroit du rendez-vous devient un pays neuf, extraordinaire, au-dessus d'ici-bas, ailleurs que partout; c'est une île subite qui a son climat éternel, sa lumière de demi-jour, ses arômes, ses mœurs inavouables et irrésistibles!... Et l'homme auquel l'une de vous, mesdames, veut bien faire cette patrie éphémère, y est métamorphosé; un génie particulier l'inspire; il gagne là l'état d'on ne sait quelle race exceptionnelle; il est promu à un type supérieur d'être, dont les paroles, les expressions régulières sont à la hauteur de ce qui est du délire dans le cours de l'humanité, et dont les actes sont inhumains, surhumains, par la douceur de leur violence, par la normalité de leurs bizarreries... Vous haussez les épaules..., et cependant vous n'auriez, en ce moment, qu'à poser sur mes lèvres le rubis de votre bague pour sentir aussitôt, vous-même, que c'est un vrai chaton de fée.

Laure hochait la tête, avec une nonchalance distraite et pire que des dénégations énergiques.

— Ah çà! continua Gérard en jetant sur les environs un regard circulaire, ce n'est pourtant pas l'exemple qui vous manque!

En effet, ce salon, loin du centre de la fête et qui était comme le bout du monde pour le monde de cette soirée, s'était peu à peu peuplé. Chaque coin à l'écart y donnait maintenant asile à un couple isolé. Mais, cependant, tous parlaient si modestement, qu'on n'entendait retentir aucune parole. Parfois, seulement, la petite strideur d'ouvrir ou de fermer un éventail coupait un murmure, naissant des entretiens, qui se mêlait à un murmure de l'orchestre, montant expirer dans les tentures.

— Oh! certes, répliqua Laure, l'esprit d'imitation aurait ici de quoi s'inspirer.

Et, en citant divers noms de l'entourage, elle ajouta plusieurs de ses raisons pour supposer qu'il existât, entre les personnes désignées, ce que d'accord avec Gérard elle y sous-entendait d'exemplaire. Elle apporta en cela un air de joie maligne et indulgente, une complexité d'expression si radieuse qu'elle semblait s'enorgueillir d'un sentiment dans lequel elle se serait ainsi flattée elle-même chez des pareilles, plutôt que de la prétention présumable à se distinguer de ces autres. Durant ce mouvement de belle humeur, elle avait eu d'ailleurs une façon si confidentielle de se rapprocher

Laure hochait la tête, avec une nonchalance distraite.

du jeune homme qu'il lui en posa cette question :

— Pourriez-vous me faire comprendre pourquoi, dans un endroit où une femme peut craindre qu'on l'observe, elle n'hésite pas à parler de très près ni à prêter familièrement son oreille, du moment qu'elle n'est pas personnellement mise en cause par le tour du dialogue? Et pourquoi la même femme s'écartera-t-elle vivement, comme si on allait la perdre de réputation, dès que son interlocuteur profite de la position pour lui chuchoter, d'une voix devenue bien plus discrète encore : « Quand?... Où?... Comment? »

En effet, par une réaction contre le ton caressant de ces derniers mots, le visage de Mme Saint-Vrain des Ormes reprit son sérieux ; et, les justifiant sans le vouloir, elle recula d'un peu, instinctivement.

— De bonne foi, poursuivit Gérard en éclatant de rire, je ne puis attribuer ce qui vous arrêterait à la peur que je ne vous compromisse ; car rien n'est aussi compromettant que ce que vous faites à présent pour moi.

A cet instant, on entendit la baronne X..., qui, promenant son coup d'œil, passait au bras d'un invité, lancer tout haut cette remarque :

— N'est-ce pas que c'est gentil ici?... et que l'on a joliment raison de s'y tenir?

Puis, sur son chemin, se penchant vers Laure, elle lui dit, ainsi qu'elle eût rempli un devoir de maîtresse de maison, très naturellement, comme si ç'eût été la chose la plus naturelle à dire :

— Ne vous inquiétez pas de votre mari. Il joue au bridge, où il est en train de dépouiller le mien.

Et pressée, avec un air rapide d'avoir beaucoup vu, la baronne s'en alla vite, le menton tourné sur son épaule pour un regard en arrière qui semblait revoir un compte sommaire, vouloir vivement se remémorer dans quel ordre les uns et les unes s'étaient groupés de manière à ne faire partout que deux.

— Elle, je me demande alors ce qu'il faudrait donc qu'elle fît, pour que son mari gagnât! marmotta Laure avec un sourire drôle qui la révélait bien capable de concevoir ce qu'il y aurait aussi d'ironique dans l'attrait du péché.

— Au fait, je ne m'étais pas encore avisé que vous fussiez peut-être retenue par les devoirs conjugaux. Il m'avait suffi de vous examiner une fois, en compagnie de votre époux, pour m'ôter toute idée que vous eussiez des observances envers lui.

— C'est vrai : je ne l'aime pas.

— En a-t-il été toujours ainsi?

— Je ne me suis jamais aperçue que je l'aimasse, avant de remarquer que je ne l'aimais pas.

— Et quand avez-vous fait cette remarque?

— Dès qu'il a eu fini, lui, de m'aimer.

— Mais, au moins, le haïssez-vous?

— Souvent. Chaque fois qu'il m'arrive de songer que je devrais l'aimer.

— Est-ce que vous en auriez peur?

— Oh! ma foi, non. Il n'est pas jaloux. Il n'est même pas soupçonneux. Certes, il a mauvais caractère..., à moins que ce ne soit moi qui l'aie : en tout cas, notre ménage a mauvais caractère. Mais nous ne nous disputons que sur les détails de la vie en commun, dans les tiraillements d'être liés ensemble ; jamais il n'y a eu de querelle entre nous pour ce qui appartiendrait à la vie personnelle de chacun, à propos de ce que l'un pourrait faire sans que l'autre se sentît, de là, tiré à droite ou à gauche. Au reste, observa-t-elle en clignant des paupières vers les quatre coins du salon, je suis convaincue qu'il ne verrait, dans ce qui se passe ici, rien de plus que ce qui s'y passe... Il interprète les gens selon les principes sociaux, et ne leur attribue que ce qui leur est permis. D'après lui, il y a les choses que « l'on ne dit pas », que « l'on ne fait pas », celles dont « ne se doute pas » une jeune fille, et celles qu'on ne lui fera jamais croire de la part « d'un parent » ou d'un homme « qui a été marin », ou d'une femme « qui a des enfants. »

— Alors, s'il survenait en ce moment, je ne lui serais pas suspect?

— Il se sait mon mari, le Mari... Je pense que cela lui paraît une garantie suffisante.

A travers les grandes lignes de ces appréciations, Gérard entrevit soudain un des fonds où repose l'état marital, et la sorte de tranquillité paresseuse et forte à laquelle on peut bien être capable de se laisser aller dans cette situation légale, privilégiée de mariage, comme de première hypothèque sur un corps et une âme par qui l'on doit être payé d'abord et contre tous.

— Ah! soupira Laure, ce n'est pas le type du mari difficile à tromper!

Mais elle eut, pour ce simple mot, une telle intonation de misère, et elle en secoua la pensée avec un frissonnement si prolongé, que Gérard comprit de là ce que cette locution, badine à l'usage, signifiait vraiment, et avec quelle intensité!

Cette expression de *tromper son mari*, il ne l'avait jusqu'alors entendue que dans le sens corrompu, où elle évoque folâtrement les images en joie d'une femme avec son amant ; et subitement une révélation aiguë lui faisait y restituer le sens rigoureux sous lequel l'amour ni son personnage ne sont plus en scène.

— Au fait, marmotta-t-il d'après l'idée qu'il suivait, quel idiotisme de dire que l'on trompe son mari avec un autre! En vérité, il s'agit bien de cela!... Et, d'ailleurs, on ne le sentirait pas... Le malheur, c'est qu'on ne trompe son mari qu'avec lui-même!...

Et, par une révélation fugitive, il traversa à nouveau un instant d'état d'autrui ; il perçut une sorte de détresse — fantastique comme celle des héros de ce conte qui ont vendu au diable leur reflet ou leur ombre — chez ces âmes de femmes auxquelles il n'est plus possible, dans la perpétuité du tête-à-tête conjugal, de refléter le *face-à-face* obligatoire de leur sort journalier ni la vie qui se pose, s'oppose, s'impose en vis-à-vis, et dont l'unique pensée toujours croissante, toujours s'élargissant, ne doit répandre rien de son ombre autour d'elle.

Aussi, dans un élan de commisération toute spontanée, où son désir, d'ailleurs, ne s'obstinait pas moins, Gérard se fit rassurant, bien modeste, commode, s'effaçant presque.

— Peut-être, continua-t-il, me croiriez-vous capable d'abuser, de vouloir déborder sur votre existence, ou l'encombrer?

Laure lui saisit le poignet, avec cette pression que le pouce et l'index emploient pour faire pénétrer des paroles un peu excessives, et, gravement :

— Mon cher, il y a des instants où je comprends comment certaines femmes en sont arrivées à prendre pour amant leur domestique, c'est-à-dire l'être qui est là, toujours là. J'irai même plus loin encore: c'est cela, c'est *ce besoin de présence* qui, plus d'une fois, a failli me décider, me contraindre à aimer mon mari.

Et comme une mine équivoque et grivoise était venue à Gérard en écoutant ceci, elle s'empressa d'ajouter :

— Faites-moi la grâce de ne pas vous méprendre sur mes intentions, et de n'attribuer qu'aux exigences du cœur ce qui leur appartient exclusivement.

— Oh! soyez sans inquiétude, répondit-il désobligeamment... Loin de vous prêter un tempérament exagéré, je réfléchis maintenant que tout d'abord, et tout bonnement j'aurais dû m'arrêter à l'opinion que vous planiez bien au-dessus d'en avoir le moindre...

Pour seule contradiction, elle le regarda fixement, avec des yeux brillants d'une pure intelligence. Ce fut péremptoire, à la fois très chaste... et très lascif, parce que c'était très intelligent.

— Eh bien, conclut Gérard poussé au bout de sa dernière réserve, je n'ai plus qu'une chose à vous dire : vous aimez quelqu'un.

La jeune femme répliqua fermement :

— Je n'aime personne, et personne ne m'aime.

— Vous aimez quelqu'un! insista Gérard avec énervement... Mais vous l'aimez d'une façon que je définis mal, car si vous lui gardez une fidélité, elle n'est que bien relative ; et ce serait impossible qu'il ne se trouvât pas trahi en apprenant comment vous êtes avec moi.

Laure se leva, comme froissée de cette phrase, et tout agitée.

— De quoi vous mêlez-vous? dit-elle aussi nerveusement... Et, en tout cas, ce n'était pas à vous, j'imagine, de me reprocher ce que j'ai été à votre égard!

— Vous avez été *trop* pour moi, puisque vous étiez résolue à ne pas devenir *assez*.

— Oh! il y a bien longtemps que je ne suis jamais résolue à rien.

— Mais à quoi songiez-vous quand vous m'avez si vite accueilli? et pendant que vos manières, ainsi que ma conduite envers vous, et que le fond de tous nos entretiens développaient autour de nous l'atmosphère où se préparent les éclosions d'amour?... Que se passait-il en vous, tandis que nous étions à respirer ensemble ces idées entêtantes dans lesquelles nous ne pouvions sentir que la question d'être l'un à l'autre?

Elle hésita, avant de répondre avec une grâce émue et fière :

— Je rêvais que j'aurais peut-être aimé à vous aimer.

— Tout en vous réservant à je ne sais qui, ou seulement à vous-même?

— Non, non, non!

Gérard eut un de ces sourires sardoniques qui semblent prêter une forme matérielle à l'acuité d'une pensée, et dessiner visiblement l'insolence de la phrase.

— Alors, dit-il, étant données les façons que vous m'opposiez, aurais-je donc dû prendre un grand parti, et assumer les risques de vous violer?

Mais le choc de ce mot eut sur Laure un effet extraordinaire. Des pieds à la tête, un tressaillement galvanisa son corps cambré. Et, comme si la brutalité de la proposition lui eût ouvert une perspective importante, éclairé un au-delà d'horizon, ses longs cils, s'érigeant au bord des paupières, lui firent des yeux tout ronds d'un étonnement grave, tout bleus de contemplation.

« Adieu! » proféra-t-elle d'une voix sourde, dans un empressement à fuir, où la violente rougeur — dont ses épaules s'étaient, autant que ses joues, colorées et qui contournait le globe des seins sur la lisière du corsage, — paraissait ne dépendre d'aucune expression de honte ni de colère, mais être plutôt une bouffée essentielle du secret même de ses entrailles.

Il eut l'étonnement de se trouver en présence de Laure.

V

L'impression sur laquelle Mme Saint-Vrain des Ormes et Gérard de la Malgue s'étaient séparés, avait été trop intense pour que ce dernier dût dorénavant chercher auprès de la jeune femme aucun autre but que celui dont elle lui avait, à son corps défendant, fait néanmoins l'indication bien précise.

Mais il fut arrêté dans son envie si violemment intriguée d'aller se représenter devant elle, par l'impossibilité nerveuse où les gens d'une certaine nature sont d'avoir les initiatives pour lesquelles ils auraient reçu une sorte d'initiation. Ce fut, chez Gérard, un sentiment impérieux de faiblesse et d'orgueil, comme une crainte du ridicule, comme si l'on pouvait être retenu par une espèce de gaucherie morale dans ce qu'il semble ainsi que l'on aurait, en quelque sorte, à accomplir de seconde main.

Assez longtemps plus tard, un après-midi, au moment où le jeune homme allait franchir la porte de son appartement, il eut l'étonnement de se trouver en présence de Laure.

Avec un vêtement d'été léger et sombre, elle avait aux joues la santé des jours chauds. Mais autour de ses paupières ressortait ce cercle de teintes noires, dont on dirait que la nuit aurait imprégné des yeux qui s'y tiendraient trop souvent ouverts.

— Ne vous scandalisez pas de ma visite, fit-elle hâtivement... Je n'ai pas voulu admettre cette manière d'en avoir fini entre nous.

Elle n'avait pas de voilette; elle parlait avec une simplicité franche. Et quelque chose d'austèrement résolu en elle détournait de considérer ce que sa démarche avait de suspect.

— Oh! que vous devez vous plaire chez vous! remarqua-t-elle en franchissant le seuil d'une petite pièce où Gérard l'avait priée d'entrer, dont les vitraux dorés et les tentures jaunes d'or faisaient un tiède salon de soleil, et qui était sans objet d'art, sans table, sans bibliothèque, sans rien de ce mobilier spécial à l'usage des choses.

Mais en tout et pour tout, quelques meubles, par leurs dispositions bizarrement variées sous des couleurs disparates, semblaient être si uniquement là en prévision de la commodité et du caprice des êtres que leur rigueur de natures mortes s'atténuait, comme dans un mouvement de participation vers la vie. L'ameublement du lieu lui donnait à la fois un caractère de fumoir, de boudoir et d'oratoire.

— Est-ce que le désordre de cet arrangement ne choque pas votre goût? demanda Gérard en lui avançant un fauteuil, tandis qu'il prenait pour s'y agenouiller une sorte de prie-Dieu moelleusement profane.

— Après tout, cela vous ressemble assez. C'est évidemment l'envers du sens commun; et pourtant on ne peut pas échapper au doute immédiat que ce serait peut-être ainsi qu'il en devrait être.

— Mon intention a été de réagir, dans cet intérieur, contre la monotonie si fatigante des sièges, contre l'usage de ne trouver partout, de n'offrir jamais, que de quoi s'asseoir. Convier quelqu'un à s'asseoir, c'est la base de la politesse. Avoir fait asseoir tout le monde en rond, ou en long, voilà le triomphe de la bonne tenue. Et les autres attitudes de notre corps, on les a sacrifiées comme si elles eussent été insociables; et même, dans la solitude où chacun peut être libre chez soi, on les a navrées par le plus absolu dénuement. Nulle aide du mobilier, nulle faveur, nul soutien pour quiconque aime le délassement d'être debout. A bas celui-là! Assis!... assis!... Aucun meuble pour l'adosser, pas un pour l'accouder... Résignez-vous donc à vous voir au milieu d'une insurrection contre ce qui est l'assise même de la société... Certes, j'ai dû inventer, faire des plans, commander autoritairement. Mais, du moins, le curieux ou la curieuse qui aurait la fantaisie de vouloir rêver à quoi les ibis immobiles songent si longuement sur une seule patte, découvrirait, ici, jusqu'à l'appui bien rembourré et tout prédestiné à lui permettre de garder indéfiniment sa jambe repliée sous soi...

Pendant cette démonstration, et en examinant l'installation de cet artificieux confort dont les formes, sous le couvert de leurs velours ou de leurs soies, étaient habillées d'étoffes toutes féminines et, pour ainsi dire, en toilettes mondaines, Laure y entendait confusément une expression des hantises chérissantes et rancunières envers son sexe qui seraient toujours, au moins latentes, dans une cervelle d'homme. Une fumeuse en drap gros bleu, repoussée par Gérard à l'écart, alla, enroulant sur elle-même son pan d'amazone, piétiner la traîne pourpre du manteau que portait un accotoir.

— Enfin, fit la jeune femme, ne me méprisez pas trop d'accepter vulgairement votre unique fauteuil... Ne vous offensez pas non plus si je vous déclare, sans pouvoir d'ailleurs définir pourquoi, que cet ensemble me fait l'effet d'être très inconvenant, d'attenter vaguement à la pudeur...

Et en effet, cela lui suffit de s'être bien naturellement assise pour qu'aussitôt la subtilité d'une chose anormale, anti-esthétique et presque déplacée se dégageât peut-être de ce que Laure, toute vêtue, le fût en quelque sorte outrageusement quand elle s'enfonçait dans un siège qu'une première robe tapissait de ses plis et jonchait déjà de ses ramages, comme une dépouille de femme sur ce qui aurait paru en être ainsi un trône dévolu seulement à la nudité.

Elle commença, d'un air embarrassé :

— Vous vous demandez sans doute ce que je suis venue faire chez vous?

— Ma foi, y être la bienvenue. Je n'ai pas à chercher de meilleure explication.

Laure secoua la tête; et ses paroles prirent une force dans la modestie de leur accent.

— J'ai eu horreur, dit-elle, de ne vous avoir inspiré de moi qu'une opinion fausse, et surtout de penser que j'avais pu même ne vous en laisser aucune. Alors, j'ai préféré vous apporter une idée de ce que je suis, dût-elle être mauvaise, pourvu qu'elle fût vraie... A causer, ainsi que nous l'avons fait plusieurs fois ensemble et tandis que vous m'accusiez probablement d'indifférence, j'éprouvais le tourment d'une affection originale, une passion neuve, non classée encore; et je la sentais aussi individuelle, aussi choisissante que l'amour, peut-être même plus permise et pourtant moins possible à satisfaire. Eh bien, oui, voilà : il me semblait que vous étiez, mieux que personne, celui qui devait me comprendre; et j'avais une envie d'être *comprise*, un besoin de vous faire toucher jusqu'au fond de ma conscience, rien qu'une fois, une petite fois de ma façon, pour remplacer la seule fois à votre façon dont vous vous seriez contenté. Je sais qu'en tout ceci, je me suis abandonnée à une faiblesse, mais aucune morale ne m'enseigne qu'il y ait là une faute... Et puis, si j'ai été pour vous l'occasion, je ne dirai pas d'une peine, mais ne serait-ce que d'un dépit, il faut que vous ne m'en gardiez point de reproche, il faut que vous me plaigniez au lieu de m'en vouloir.

Sous l'influence de ce langage qui l'annonçait toute nouvelle, la jeune femme réapparaissait à Gérard telle qu'au moment où elle ne lui avait encore parlé qu'aux yeux, dans le soir déjà lointain de leur première rencontre.

Il la retrouvait comme étrangère, sans plus d'attaches avec lui, pareille à l'inconnue dont son imagination n'avait fait que saluer au passage la détresse apparente et inoffensive. Lui, de même, était revenu en son état primitif de compassion désintéressée, sans rien revoir des impressions qui s'étaient interposées depuis lors entre eux deux, par un de ces chemins de traverse, libres de souvenirs intermédiaires, que les sentiments sauraient prendre pour nous reporter à un point de ce que nous avons été.

— Est-ce que je puis quelque chose, répondit-il le plus obligeamment du monde, pour la réalisation de votre charmant caprice? Ou bien cela ne dépend-il pas tout à fait de vous?

Laure fit une mine qui retroussa languissamment ses lèvres, et où s'exprimait quelque chose comme un péché de coquetterie sur le visage d'une malade.

— Il faudrait que vous prissiez, pour me faire m'expliquer à vous, la peine gentille que vous auriez été obligé de prendre si vous aviez réellement voulu vous faire aimer de moi... Etes-vous prêt à me flatter, à me mentir, à me griser d'illusions?... Faites la cour à ma confiance; séduisez-la... Suppliez-moi de parler!... Arrachez-moi mon secret..., sans me faire trop de mal.

Gérard, s'agenouillant sur un coussin rapproché d'elle, lui joignit les mains dans une des siennes, où il les maintint aussi délicatement que si leur chaude douceur et leurs froufrous de fièvre lui eussent fait leur croire une fragilité d'oiseau.

— Est-ce donc nécessaire que je vous en assure, et ne vous rappelez-vous pas comment mes yeux, dès la première heure, ont été se lier au fil des vôtres? N'avez-vous pas été vous-même quelque peu agitée par la sollicitude interrogative avec laquelle je tentais d'attirer à moi le mystère que mon regard sentit peser dans le fonds de votre âme, aussitôt que nous fûmes entrés en communication? Je vous ai tout de suite regardée comme je vous regarde dans ce moment. Et je n'avais alors rêvé que des fins à votre misère; et me revoici pareil, à vouloir vous aider de tout ce que je pourrais vous être.

Elle contempla fixement Gérard, ainsi qu'elle eût cherché à voir s'il ne se jouait point d'elle. Mais il ne sourcilla pas.

— Ah! la confession! murmura-t-elle. Ceux qui l'ont inventée n'ont peut-être pas mesuré tout à fait combien leur œuvre était grande, et cependant ils l'ont gâtée en prétendant y adjoindre le repentir. Tout le soulagement possible est dans le courage de s'être raconté, d'avoir fait dégorger son cœur, comme on exprime le venin d'une plaie. Mais de quoi veulent-ils qu'on se repente? D'être ce que l'on n'a pas pu ne pas être?... Et comment donc, s'il vous plaît? En vérité, cette grâce m'échappe... Aussi, moi, un jour, j'ai dû renoncer à l'accomplissement de mes devoirs religieux... Ah! s'il y avait dans quelque église, n'importe où, bien loin, un bon saint homme de prêtre dont la foi consentît à écouter l'aveu sans exiger l'exécration de soi-même, voilà quelqu'un qui entendrait de terribles histoires de femmes et qui allégerait des douleurs en plein vivantes, au lieu de n'avoir à consacrer inutilement que le remords des maux déjà morts!

— Mais, fit-il vivement, puis-je être à vos pieds sans me reconnaître votre prêtre, pour vous servir et me pénétrer de vos desseins? Je vous attends, tout en émotion et en recueillement. Manifestez-vous à moi, prononcez les paroles dont je sois votre élu, ravissez-moi dans votre vérité...

Laure baissa les paupières, comme bercée par ce mouvement de cantique, et désormais crédule à des protestations qu'elle avait pourtant commandées.

— Demandez-moi des choses, répliqua-t-elle à voix basse.

Plus indistinctement encore, Gérard chuchota :

— Vous avez souffert par un amant?

— Mon Dieu! s'écria-t-elle en dégageant ses mains, dans lesquelles elle cacha sa figure, pourquoi est-ce cela que vous me demandez? Quelle raison avez-vous de me demander cela?

Il s'excusa, par des termes de ménagement, avec une obstination douceâtre, qui continuaient à faire palpiter sa question.

— Je vous affirme, soutint-elle encore, que je n'ai rien à répondre là-dessus... Non, sérieusement, je vous jure!...

Puis, devant la persistance que le jeune homme mettait à se taire, elle dévoila ses traits, où une pâleur de résignation s'était répandue.

— Etes-vous assez cruel de vouloir m'infliger un pareil supplice!... Et ne devinez-vous donc pas que, après, je ne pourrai plus jamais vous revoir... jamais!... Oh! oui, c'est une lâcheté, car vous devriez, en ce moment, me défendre contre moi-même!... Mais enfin, qu'est-ce qu'il faut que je vous dise? finit-elle par soupirer humblement.

Il fit signe, des épaules, qu'il ne savait point, tandis qu'il avait ressaisi les doigts de la jeune femme pour en porter la pointe rose à ses lèvres.

Elle reprit, par des phrases entrecoupées :

— Comment est-ce arrivé? Comment ai-je été amenée au jour où c'est arrivé? Et, d'ailleurs, ce jour-là, rien ne me forçait

— Vous vous demandez sans doute ce que je suis venue faire chez vous?

davantage à rien... Il y a des choses qui doivent arriver à un moment donné; mais celle-là n'avait ni plus ni moins de motif pour arriver la veille ou le lendemain, ou pour ne jamais arriver... Je sens encore que ce n'aurait dépendu que de moi d'empêcher ce qu'*il* a voulu et que je ne voulais pas... D'autres hommes m'avaient fait la cour, d'autres me harcelaient, aussi entraînants que lui, sans doute préférables et même parmi lesquels j'en préférais peut-être. De quel droit ça n'a-t-il pas été un de ceux-là? Qu'est-ce qui a fait que ce fût lui?... Tout d'un coup, dans l'éclair où l'on se reconnaît, j'ai parfaitement vu que je me décidais, et que j'admettais *cela*... On explique des meurtriers par le fait qu'ils ont vu rouge; quant aux femmes, à l'instant qui leur est fatal, on pourrait presque de même dire qu'elles voient blanc, un blanc de vide éblouissant, le blanc de vertige dans un tournoiement où se fondent toutes les couleurs de leur existence... Mais pourquoi ai-je fait cette chose?... Comment, à force de ne pas vouloir, atteint-on un degré où l'on veuille ce que l'on ne voulait pas, ce que l'on ne voudra plus?... Essayez de réfléchir à ce qu'il y aurait d'intolérable à la longue, dans un étonnement que vous ne réussiriez jamais à dissiper, qui serait toujours, toujours, un étonnement!... Oh! pourquoi? fit-elle en branlant désespérément son joli cou et en le haussant par saccades comme pour échapper à l'étranglement d'une obsession.

Elle s'exprimait avec des soubresauts et des tressaillements, dans une surexcitation croissante, et telle qu'elle ne devait pas être autre, au début de l'événement qu'elle évoquait.

— Mais, voyons? insinua Gérard, il a bien fallu pourtant que vous l'aimiez... au moins un peu?

— Non, non! gémit-elle en se débattant et en serrant les dents avec une obstination têtue contre les apparences du fait.

— Cela s'est donc accompli par sortilège? Vous en parlez comme si vous aviez été victime d'un maléfice, d'un envoûtement?

Laure se dérobait sous ces questions pressantes qui la harcelaient ainsi que des privautés, et elle s'en défendait, le rouge au front, avec des contractions de tout son corps.

— Non, je vous en prie, suppliait-elle, soyez raisonnable. Je reviendrai. Une autre fois, je vous promets de mieux être, de mieux savoir, de mieux pouvoir vous dire...

Mais Gérard la tenait, les mains par les mains, les yeux par les yeux.

— Alors lui, il était très beau? très éloquent? irrésistible?... Comment s'est-il emparé de vous?... Par la douceur? par la violence?... Vous aimait-il? Ne vous aimait-il pas?... Que s'était-il passé avant? Que s'est-il passé après?... A-t-il été ingrat, traître?... Où était son mérite? Où a été sa faute?

Laure poussait de petits cris. L'ardeur de cette indiscrétion semblait la pénétrer, la tourmenter, et peu à peu la vaincre dans les pudeurs plaintives de son âme.

— Mon Dieu, bégaya-t-elle avec des larmes, je crois qu'il m'aimait à sa façon. Et il n'a pas dû cesser, puisqu'il me déteste encore. Et jamais il ne s'est douté de mon supplice. Il ne s'en doute pas. Depuis lors, depuis le jour extraordinaire, il s'est constamment empressé auprès de moi, tout dévoué, tout ahuri et bien exaspérant de ne rien comprendre à ce qui ne serait peut-être pas, d'ailleurs, compréhensible pour lui, à ce qui n'est même pas explicable pour moi... Mais vous, comprenez donc que *cela* n'a été que parce qu'il n'y avait aucune raison pour que cela fût, pour que cela pût être! Ne comprenez-vous pas que la chose qui précisément ne doit pas être, pour cette cause précise, n'est déjà plus le néant, et que ça devienne quelque chose par la consistance d'avoir été ce qui ne devait pas être?... Et c'est ainsi que, lui, je ne peux pas le revoir, l'écouter, lui répondre, sans que tout me démontre jusqu'à l'évidence que cela n'a pas été, sans qu'il ne me semble lui-même être comme irréel et tout rendre irréel autour de nous. Et en même temps, je sens la brûlure que cela cependant a été, et que je ne vis que pour l'heure impossible où ce sera que cela n'aura pas été!...

Un détail au passage avait éveillé en Gérard le souvenir d'un individu une fois rencontré, et ranimait sa sensation de l'impersonnalité qu'il avait mise pour caractère sous ce que cette figure, dont il ne pouvait se faire du reste qu'une vaporeuse reconstitution, lui paraissait avoir montré de fallacieux.

Et poussé par un prurit de curiosité, il demanda brusquement :

— C'était lui, n'est-ce pas?... ce joli garçon aux yeux si clairs, que j'ai rencontré chez vous?

— Oh! il ne faut pas dire ça! s'exclama-t-elle dans un accent de conjuration... Vous avez vu un homme chez moi; et, alors, vous décidez que c'est lui... Ma parole! vous êtes fou!... On ne peut pas voir un homme avec une femme sans que tout le

— Vous avez souffert par un amant?

monde ne dise que c'est celui-là!... Je vous en prie, ne gardez pas cette idée. J'aurais une honte affreuse que vous eussiez savoir qui c'est! fit-elle en se cachant la tête au creux de son épaule et en y embusquant un regard farouche.

Mais ces protestations ne purent empêcher que Gérard incarnât désormais les causes indéfinies de l'effet que Laure avait si impuissamment tenté de lui décrire, sous l'aspect incertain du personnage dont il venait de se remémorer l'image. C'était comme s'il eût reconnu chez ce dernier un type symbolique de ces innombrables créatures qui exercent la fascination de leur vide, inspirent l'erreur, engendrent la déception ; et, comme s'il s'en fût expliqué maintenant les allures vagues, autour de la jeune femme, par celles d'un être flottant dans l'idéal qu'il ne réalisait point.

Après un temps de silence, Laure reprit la parole hâtivement, la nuque renversée sur le dossier de son fauteuil, avec des crispations, avec une expression de souffrance sensuelle, ses nerfs ayant été portés à l'excès de leur tension par son dernier mouvement de lutte.

— Mais voilà ce que je ne parviendrai jamais à vous faire entendre : c'est que je me sente dépossédée de moi-même, tellement dépossédée que je ne saurais pas disposer de moi. Ah! j'ai cherché, j'ai essayé, j'ai voulu oser!... Et je n'ai pas pu ; je ne peux pas oser... Je suis possédée par lui, possédée par le fait, matériellement possédée!... Comprenez-vous que la possession, être possédée! ne soit pas un vain mot?... que c'est une chose qui existe en soi, qui agit comme être malade, être blessée, et qu'on devrait pouvoir aussi bien soigner?... Ne distinguez-vous pas, entre la part de l'homme et de la femme, que celle-ci, même dans son consentement, est toujours destinée à subir un acte de tyrannie impudente, d'indiscrétion invraisemblable, une preuve de son assujettissement plus qu'outrageante et qui semblerait avoir été inventée comme suprême bravade par quelque despote ivre?... Alors, que ne faudrait-il pas pour affranchir son corps d'avoir supporté l'instant d'un pareil esclavage et se relever de l'humiliation que l'on sent perpétuellement revivre dans la palpitante mémoire de sa chair!... Ainsi, il y a quelqu'un que je n'aime pas, envers qui je ne me sais aucun devoir, à qui même je refuse tout. Et pourtant, il y a aussi ma chair dont aucun effort de ma volonté ne réussit à me ressaisir, et qui se sent marquée par un droit de cet homme, scellée par une magie de ce qu'il lui a fait!... Plaît-il?... Quoi?... Mon mari, dites-vous? Que voulez-vous dire?... A quelle comparaison prétendez-vous?... Oh! de celui-ci, je n'ai jamais connu que la simplicité patiente d'être son épouse, sans surprise, sans importance qui s'attachât à des minutes semblables entre elles, dans le sentiment naturel de ce qui était conjugal et convenu. Mais, avec l'autre, dont l'œuvre s'est interposée entre ce passé monotone et un avenir de stupeur, d'où venait donc cet abominable pouvoir de trouble par lequel je m'en suis allée de moi-même et n'y suis plus revenue?... Le pire de tout cela, — entendez-vous, le pire! — c'est, dans l'esprit de servitude que j'en éprouve, une sorte de croyance que je continuerais à lui devoir ce qu'il pourrait peut-être vouloir poursuivre en moi, m'infliger ou me réclamer encore? Ah! sentir que l'on n'est plus à soi!... que s'il osait seulement me remettre son bras sur la taille!... D'autant qu'il m'obsède, qu'il n'y comprend rien, qu'il ne renonce pas!... Je me défends par des boutades, des moqueries, des ricanements! Oui, je ris ; et c'est assurément quelque chose de bien unique et d'assez impressionnant que le rire de rire ainsi!... Et enfin, quand je suis tout à fait menacée, près d'être à nouveau perdue, je me sauve encore par des expressions de haine. Et je ne le hais pas, je ne peux pas même le haïr! Et s'il parvenait à deviner combien je suis à sa merci!... Et pourtant je ne l'aime pas!... Mais alors pourquoi?... Quelle est toujours cette force de m'être indifférent que, auprès de lui, toute force de moi en soit dominée?... C'est horrible, horrible, horrible!...

La contagion du feu charnel avait gagné Gérard, au contact de cette belle créature qui maintenant se tordait passionnément, sous une sorte de lubricité cérébrale, dans l'impudeur de son aveu finissant.

Par tous les ressorts de son être, elle paraissait sentir et exprimer qu'elle achèverait de s'être donnée tout entière dans les derniers mots qui s'apprêtaient à expirer sur sa bouche. Et jamais femme n'avait dû livrer aussi complètement son corps et son âme, n'avait pu les avoir autant résumés, qu'en cet élan où Laure allait en avoir donné la jouissance, par un son suprême de sa simple voix.

— Pardonnez-moi tout ce dont j'ai pu vous tromper! proféra-t-elle dans un râle de tourment et d'extase qu'entrecoupaient des sanglots. Oubliez si quelques coquetteries de ma part avaient d'abord couru la chance de n'arrêter en vous que l'inconnu passant et divin, de qui me naissait je ne sais quel craintif instinct d'espérance! Peut-être étiez-vous celui qui devait me délivrer?... Qu'aura-t-il manqué d'introuvable entre nous? A qui la faute?... Etait-ce trop tôt! Va-t-il être trop tard? Ou bien est-ce jamais? ni rien? ni personne?... Si, si!... Attendez! fit-elle en serrant les dents et en renversant le globe de ses yeux ainsi qu'à l'un de ces instants où elle avait dit ne plus y avoir qu'une folie de blanc... Ah! cria-

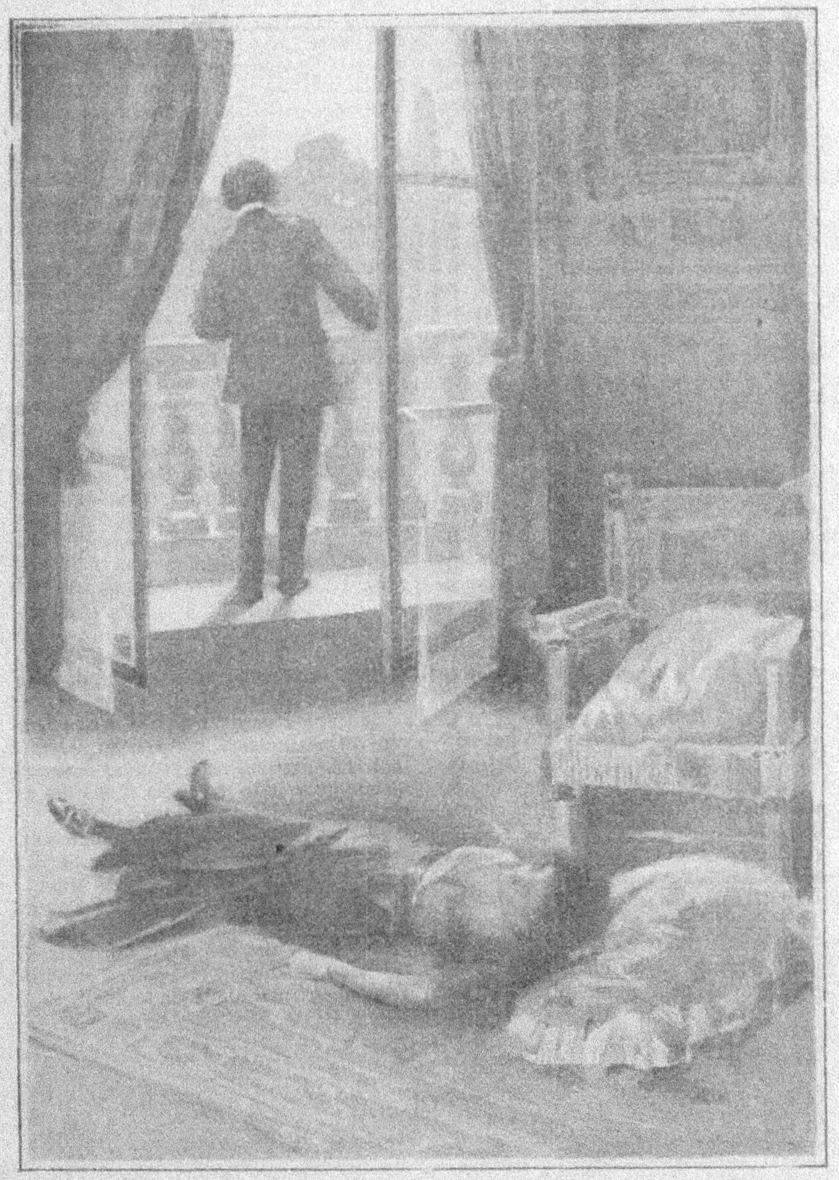

Il ouvrit sa fenêtre...

t-elle sans plus, bâillonnée par les lèvres de Gérard, et aspirée dans un baiser.

A ce seul contact, le jeune homme la sentit franchir un dernier spasme, et absolument se détendre sous l'absolution du toucher. Il la vit devenir livide, avec une moiteur à la peau. Elle ferma les paupières, n'accordant plus à l'ardeur tant avivée de Gérard qu'une forme évanouie et ainsi placée sous la protection de ce qu'une luxure, en s'exhalant d'un corps, commande de retenue funèbrement chaste aux sens vivants d'un autre.

Gérard demeura longtemps pensif, retombé à genoux devant l'autel du féminin mystère, où une lumière de femme s'était manifestée si étrangement à lui.

Il lui semblait ne vouloir que ne rien tenter de ce qui aurait pu hâter le retour de Laure à la connaissance. Il s'abstint de cingler, avec de l'eau froide, ce visage sur lequel le cours des peines venait de se figer doucement. Il n'essaya pas un effet de vinaigre sous les narines de cet être tant martyrisé d'avoir trop senti. Et non plus il ne frappa dans la paume rouverte de ces mains, dont la nacre n'était rayée par aucune ligne de sort.

Mais, ayant enfin soulevé le corps inerte dans ses bras, il le fit délicatement glisser sur le tapis du parquet. Il ne répara pas ce que cet effort avait immodestement dérangé dans la toilette de la jeune femme. Il en fit reposer la nuque dans les brumes d'un coussin de mousseline. Même, il lui dégrafa, avec des doigts réservés, le haut du corsage, pour lui faciliter la respiration. Puis comme se dérobant à toute responsabilité, il s'éloigna d'elle, la confiant aux impressions ignorantes du réveil dans cette attitude à la fois gracieuse, tragique... et abusive.

Il ouvrit sa fenêtre, et s'en fut s'appuyer à la balustrade d'un encorbellement, qui avançait de très haut, sur un jardin profondément emmuré, dont il ne discernait pas comment, ni par où, l'on y pouvait accéder.

Sa vue, entrant par la cime des arbres et traversant des étages de branches, plongeait là, plus bas que l'herbe d'une pelouse, jusqu'au sous-sol d'un bassin vert sur lequel un cygne posait la courbe de son col noir, telle qu'un point d'interrogation...

Et tandis que Gérard descendait, à perte de pensée, en cette aventure ainsi aboutie à ce jour, — qu'il ne pouvait appeler un roman, ni somme toute une intrigue, et qui finalement n'était rien de nommable, — il sentait le parfum à pleurer, le parfum à pleurer dans le vide, lui monter des muets parterres.

Ensuite, un bruit à peu près imperceptible lui fit retourner presque insensiblement la tête, et vite la détourner.

Laure, debout à présent et correctement remise, s'attifait devant le petit miroir d'une boîte en écaille blonde, et, avec le duvet d'un pompon, caressait son joli visage, pour y effacer les traces de larmes et de lassitude.

Celle-ci avait, simultanément, décoché une œillade semblable au coup d'œil de Gérard, aussi furtive et oblique, par-dessus l'épaule et par derrière le dos, non moins de profil, avec la pareille singularité d'un œil qui porte son coup, tout seul, dans son second, et comme en cachette de l'autre œil.

Aucuns regards humains n'échangèrent plus d'inexpression, n'entre-choquèrent autant d'équivoque, ne durent se reconnaître moins, qu'à cette rencontre si insolite entre ces deux moitiés de regards.

Et ce fut dans la discrète harmonie de cette rupture silencieuse que Laure disparut, ne laissant qu'un nuage de poudre de riz ; et, au fond d'elle, avec la conscience rêveuse d'un temps où elle venait d'être inconsciente, elle emportait un doute charnel dont les tolérances s'étaient substituées à la superstition aiguë de sa chair.

FIN

Mauvais Samaritains

— JE RENTE AUSSI UN AVEUGLE
QUI A MOINS BONNE FAÇON...

— Je suis partisan de la charité directe, de la main a la main, de poche a sébile

— Moi, dit le gros Praille, je n'ai jamais souscrit au bureau de bienfaisance de mon quartier. Je suis partisan de la charité directe, de la main à la main, de poche à sébile...

— Mais, lui objecta-t-on, vous manquez ainsi au plus sûr moyen de faire le bien à bon escient. Lisez les livres spéciaux en cette matière : vous y apprendrez que ceux qui s'adressent au passant dans la rue sont le plus souvent des professionnels de la mendicité. Ils font une concurrence déloyale à de discrètes pauvretés, autrement intéressantes, à la fois plus humbles et plus nobles...

— Oh! reprit-il, je ne donne pas toujours aux premiers mendiants venus. Pour cette satisfaction de soi-même que l'on éprouve à être secourable, je préfère m'adresser à certains mendiants de ma connaissance, qui sont, à cet égard, mes fournisseurs établis. L'un est un bel homme, rasé de frais, correctement vêtu, et toujours debout sous une porte cochère de choix. Il ne m'a pas encore été possible de deviner quelle nature de droit il peut bien avoir à solliciter l'assistance publique. Ce qui le caractérise, c'est le port constant, dans la main droite, de trois crayons qui semblent, par leur adhérence, lui avoir poussé au bout des doigts.

— Cette infirmité, remarqua Mme Muresanges, suffit pour expliquer qu'il ne puisse pas travailler.

— Je rente aussi un aveugle, poursuivit Praille, qui a moins bonne façon. Il séjourne accroupi, ayant, sur toute la face, une expression grognonne, qu'il communique à son chien : jamais je ne surviens sans les entendre se disputer entre eux. J'ai déjà connu, à ce maître exigeant, plus d'une douzaine de serviteurs canins : ratiers, loulous, caniches, bêtes de berger ou de boucher, il n'en peut garder un.

— Ah! fit sentencieusement la douairière, les chiens ne sont plus ce qu'ils étaient!.... L'espè se fait rare de ceux qui naissent et meurent dans les familles!

— Pour mon compte, raconta Seygre-Ronne, j'ai été refait récemment, dans les circonstances que voici... L'attrait d'une dispute entre cochers m'avait arrêté à un angle du boulevard. Tandis que je les considérais avec cette espérance incorrigible, et toujours déçue, qui me tient d'en voir enfin une paire se battre une bonne fois, soudain, à mon oreille, le son d'une phrase horriblement douloureuse me fit tressaillir. « Monsieur, soupirait-on, il y a deux jours que je n'ai pas mangé!... » Oh! cette voix, je l'entends encore : elle paraissait s'exhaler du fond d'un gouffre, sortir du vide et de l'infini. C'est de cette voix que, sans doute, Ugolin parlait aux pierres de son cachot dans la tour de la Faim. Je regardai vivement l'être qui avait proféré ces paroles. C'était un vieillard alerte et de mine intelligente, un type de brave ouvrier, en tablier noir, avec une grosse barbe très propre, quoique la couleur en fût ce que l'on appelle gris sale. Il m'expliqua, avec tout ce que la timidité a d'éloquent, qu'il était sans ouvrage, lui, grand abatteur de fortes besognes, et que, chargé de famille, inhabile à tendre la main, il abordait en moi la première personne — et la dernière! — à laquelle il osait confier sa détresse. Qu'auriez-vous fait à ma place?

— Il fallait lui donner un louis! s'écria Mme Muresanges.

— Je lui donnai dix sous, repartit puissamment Seygre-Ronne. Le vieil affamé agita mélancoliquement la tête : « Je vous remercie bien, dit-il ; mais là, franchement, je vous le demande, plutôt que d'en être où j'en suis, ne me vaudrait-il pas mieux cent fois être mort?... » Il eut, de sa main robuste, le geste d'essuyer une larme ; et, prenant congé de moi, il entreprit de traverser la chaussée. Mon regard le suivait, avec cette sorte de prédilection émue qu'on ressent envers quiconque est votre obligé. J'aimais en lui, pour ainsi dire, les dix sous matériels et moraux, les dix sous de moi-même que je venais d'y déposer. Mon homme s'arrêta sur un refuge pour laisser passer un omnibus, puis il descendit. Mais la venue encore lointaine d'un fiacre le détermina à remonter à l'abri. Ce manège se renouvela encore à plusieurs reprises. Il ne m'appartenait pas de décider si, pour ce pauvre diable, il eût cent fois mieux valu être mort ; mais je sais que, une dizaine de fois, il observa, à l'encontre des voitures, beaucoup plus de prudence qu'il ne lui en aurait fallu pour assurer sa vie. Assurément, le roi des Railways, à New-York, le roi des Nitrates, le roi de l'Argent, et même le roi de l'Or, doivent mettre infiniment moins de façon à passer d'un trottoir sur l'autre. Je faisais ces réflexions, sans animosité du reste, quand, — le vieillard ayant franchi l'autre moitié de la chaussée, — l'envie me prit de le suivre jusqu'à une boulangerie prochaine, où il ne pouvait manquer de se rendre. C'était comme une inspiration d'aller jouir là, à travers les vitres, du spectacle de mon bienfait. Mais il ne tarda pas à s'arrêter, de nouveau, devant une boutique de bijoutier. Un petit gros monsieur stationnait à cet endroit, négligemment occupé à considérer l'étalage et, de ses deux mains derrière le dos, tenant un parapluie dont le manche d'ivoire sculpté figurait une tête de cheval. Les lèvres de l'homme qui n'avait pas mangé depuis deux jours s'approchèrent de l'oreille du petit gros monsieur qui sursauta au son de la sinistre phrase que je devinai. L'individu imploré pivota sur les talons en haussant les épaules, et son abdomen se projeta en avant de sa personne subitement retournée. Et je vis ses lunettes : de ces larges lunettes devant lesquelles il n'y a pas de boniment qui tienne. Alors, je marchai vers le mendiant et je lui dis indulgemment que, puisqu'il se prétendait à jeun depuis longtemps, il ferait mieux de ne pas flâner et d'aller se restaurer. Il me dévisagea avec surprise, tardant déjà, l'ingrat, à me reconnaître; puis, dare-dare, il s'éloigna... Depuis un instant, le petit gros monsieur m'examinait, avec un rictus sardonique. Bientôt, il ne réprima plus un éclat de rire : « Ha! ha! ha! vous vous y êtes donc fait pincer? demanda-t-il. — Que voulez-vous? répliquai-je modestement... quand un homme vous déclare que, depuis quarante-huit heures, il a le ventre vide!... — Ha! ha! ha! savez-vous ce que je leur réponds, moi!... moi!... quand ils me disent qu'ils n'ont pas mangé depuis quarante, ou cinquante, ou soixante heures?... » Je fis signe que je ne savais point. Mon interlocuteur recula de deux pas, et plaça son parapluie sous un bras. De la main opposée, il assujettit ses lunettes, pardessus lesquelles il lança le regard de deux yeux sortant de l'orbite ; et, d'une voix de stentor qui fit retourner des passants, il cria : « Je leur réponds : Je m'en f...! Voilà ce que je leur réponds, et j'appelle un agent! »

— Ce n'est point là, déclara Praille, le langage d'un homme délicat, ni qui comprenne les subtilités de l'altruisme. Pour ma part, je sais apprécier, même chez les plus déloyaux d'entre les mendiants, le calme de leurs mœurs, l'habituelle aménité de leurs paroles, la facilité des rapports avec eux...

— Parbleu! interrompit le banquier

— MONSIEUR, IL Y A DEUX JOURS QUE JE N'AI PAS MANGÉ !..

Crébt (à peine âgé de trente-cinq ans et dont les cheveux sont déjà tout blancs), leur caractère n'a pas de quoi s'aigrir : point de frais, de risques, ni de responsabilités... »

— Quoi qu'il en soit, riposta l'autre, ils sont les plus affables d'entre les passants par qui les circonstances de la vie sociale nous exposent à être bousculés ou interpellés. Ils ne vous assaillent pas d'objurgations brutales, injurieuses, ou indécentes. Au lieu du : « Circulez! » des agents, du : « Hé! gare, imbécile! » des cochers, du : « Va donc, panné! » des demoiselles, n'est-ce pas un délice rafraîchissant d'écouter les : « Ça vous portera bonheur! » qui nous ouvrent un crédit sur la Providence?

— Oui, opina Seygre-Ronne, les mendiants complètent aujourd'hui, dans Paris, le service des appareils automatiques. On leur glisse une pièce de monnaie, non pas alors pour savoir son poids ni pour consulter sa bonne aventure, mais comme prime versée au sujet de ce que l'on espère ou redoute, en vertu des superstitions que l'on a...

— Par exemple, en allant à la Bourse, accorda le financier.

— Ou à un rendez-vous! murmura Mme Muresanges.

— JE LEUR RÉPONDS : JE M'EN F... ! ET J'APPELLE UN AGENT.

Le Seigneur
à la grosse tête

... LA FOULE S'ATTROUPA AU DEHORS
DEVANT LA VOITURE FORAINE...

LA FÊTE A NEUILLY.

C'était l'autre jeudi, chez Mme de Béprunce, lorsque ces messieurs revinrent du fumoir. Les hôtes de ce salon, enfin rentrés à Paris après cinq mois de villégiature, inauguraient une nouvelle série de réunions hebdomadaires.

— Mesdames, déclara en rajustant son monocle le gros auditeur à la Cour des comptes, Lemarchal, mesdames, notre ami Sef-Bey est décidément le plus grand veinard de la terre. Sachez qu'il a vu un lion se mettre à tuer le dompteur, à la fête de Neuilly !...

— Sainte Vierge! murmura la jolie marquise Pomponia... Quelle aventure pour vous, monsieur !... Comme vous avez dû être bouleversé !...

— Ma foi! répliqua Sef-Bey... Ma foi! je ne... je...

Son ordinaire facilité d'élocution semblait faire alors défaut à cet estimé poète d'Orient. Dans son regard fier et fatal, apparut comme une sorte d'hésitation à s'expliquer, devant une aussi délicate assemblée de femmes, sur la nature d'une impression déjà ancienne.

— Ah! cher ami! demanda la maîtresse de la maison, nous réclamons, de votre bouche inspirée, un récit complet... Voulez-vous?

— Oh oui! je vous en prie, monsieur! ajouta la jeune Mlle de Béprunce, en battant des mains.

Et comme chacun admirait, avec un peu d'ironie de bon ton, l'ardeur curieuse de cette petite personne que ses parents auraient bien encore pu laisser un an de plus au couvent, celle-ci rougit et s'excusa vivement :

— Au moins, on ne s'installera pas tout de suite autour de cette insupportable roulette à laquelle maman ne me permet pas de jouer...

Sef-Bey se laissa coquettement prier.

— Non, répétait-il... Je vous assure... J'ai déjà rabâché vingt fois cette histoire...

Mais on voyait manifestement qu'il serait ravi de s'exécuter pour la vingt et unième fois.

Enfin, tortillant ses moustaches épaisses, dures et noires avec le bout de ses ongles soignés, il commença :

— Vous avez tous connu, n'est-ce pas? l'établissement de Bidel, divisé en trois parties parallèles : la rangée des cages, le terrain des premières, l'amphithéâtre des secondes... Le soir où cela se passa, le temps était lourd et orageux. Quand j'arrivai, la représentation était à sa fin. Le dompteur se trouvait en tête à tête, et en difficulté, avec Sultan, son rude lion à crinière brune...

— Comment étaient-ils campés, interrompit le général D..., par rapport l'un à l'autre ?

Sef-Bey, s'adossant à la cheminée, désigna, à sa gauche, un peu en avant du

SEF-BEY S'ADOSSAIT A LA CHEMINÉE.

cercle formé par l'assistance, un fauteuil-crapaud qui simulait, plutôt mal que bien sous son capitonnage de soie claire et brochée, une bête accroupie, prête à bondir.

— Figurez-vous donc la scène, reprit-il, je suis placé ainsi que l'était l'homme, le dos à la cloison. La trappe derrière moi, c'est la porte de la cage... Le lion réfractaire est le siège vide qui est devant vous, mademoiselle. Moi, j'étais où vous êtes, au moment du drame. En étendant le bras, j'aurais touché Sultan... Bon !... Bidel, appuyé d'une main sur son grand épieu à deux pointes de fer émoussées, maniait de l'autre son fouet avec une excessive vigueur... Il faut vous dire que le dompteur était podagre et emmailloté d'un pied... Le lion, cinglé en travers de la gueule béante, montrait tous ses terribles crocs, et exhalait une plainte ininterrompue, d'une âpreté exceptionnelle. Dans mon entourage, on se récriait, et on devinait un état anormal chez le fauve. Sa rage se concentrait. Au fond de cette douleur, il y avait aussi une tonalité d'indignation... Je voudrais vous donner une idée du son très particulier qui m'est resté inoubliablement dans l'oreille... Tenez je vais essayer...

A cet endroit, le conteur abordait un de ses effets sans doute les mieux préparés. Il aspira une puissante prise d'air ; tandis que la tentative annoncée amusait toute la compagnie, et que les dames, se poussant entre elles avec leurs coudes nus, se souriaient derrière leurs éventails.

Mais la clameur imitative qui échappa soudainement au sympathique étranger était assez habilement rendue pour bannir tout ridicule. La parodie n'était point comique.

— Sapristi ! s'écria le gros Lemarchal dont le carreau en était tombé sur son plastron, bien rugi, lion !

Sef-Bey continua, en gesticulant comme s'il eût été armé d'une lanière :

— Bidel tapait, tapait, tapait !!...

— Mon Dieu ! soupira la douairière de Larecq... Est-il permis de s'acharner ainsi !... C'est tenter la Providence !

— Quelle folie ! observa la petite marquise.

Le côté des hommes protesta, en chœur. Et l'un d'eux, quoiqu'il fût en même temps fort occupé à s'établir plus confortablement sur sa chaise, résuma le sentiment masculin dans ces termes :

— Parbleu ! c'est son métier !

— Je me disais juste cela, approuva Sef-Bey, tandis que le duel des deux volontés se poursuivait, sans reprises... Il fallait pourtant que quelqu'un finît par céder... Je présume que Bidel découvrit, à un moment, chez Sultan, les indices hypocrites d'un retour à l'obéissance, car il cessa ses violences et recula d'un pas, pour laisser à son élève l'espace de sauter une barrière qu'un préposé insinua à travers la grille, sur un signe du maître... Quand je dis que Bidel recula... c'est-à-dire qu'il voulut reculer... Mais, vous vous le rappelez, un de ses pieds était invalide. Il s'embarrassa dans sa longue perche qui lui appliqua ainsi une sorte de croc-en-jambe... La haute stature de l'intrépide dompteur oscilla... Toute l'assistance jeta un cri général et bref... Durant un millième de seconde, on put croire que Bidel reprendrait son équilibre... Toujours, toujours j'apercevrai l'expression éperdue de son regard, à cet instant, et le globe de ses yeux qui saillirent tout blancs dans le visage congestionné par la goutte et la rudesse de tant de précédents efforts... Vraiment il avait trop surexcité Sultan!... Tout le monde put voir nettement que lui se voyait perdu, s'il tombait... Patatras! Bidel tombe!... Le voilà sur le plancher de sa cage comme une masse, sans un geste, sans avoir fait : ouf! Était-ce une tactique? Était-ce l'effet de la stupeur? Il ne chercha pas à se relever. Pourtant, il en aurait eu le temps. Du moins, toute personne ingambe en aurait eu le temps... Un mortel silence régnait sous la vaste tente. On entendait susurrer les becs de gaz...

— Mais le lion? insista le général, pendant cela, qu'est-ce qu'il faisait le lion?

— Patience!... Il n'était plus accroupi. Il s'était mis debout sur ses quatre pattes, immobile au long des barreaux, l'encolure ployée de manière à faire, aux trois quarts, face à son maître renversé. Le public ne voyait rien de sa physionomie. Oh! pourtant, ses yeux devaient, en cette conjoncture suprême, contenir une bien intéressante, une bien profonde énigme!...

— Et vous, Sef-Bey? interrogea vivement Mme de Bépruncé, quel sentiment éprouviez-vous alors? Que se passait-il en vous?...

— Oh! oui, s'exclamèrent plusieurs auditeurs... Hein? Une angoisse atroce?...

L'interpellé resta muet. Un air de gêne lui vint. Il rougit un peu, baissa les longs cils de ses paupières, et timidement :

— Vous savez, dans des situations pareilles, on ressent des impressions impossibles à prévoir, invraisemblables. Peut-être, vous tous qui m'écoutez, auriez-vous ressenti la même que moi?... Et pourtant, si je m'en exprime ici, maintenant, froidement, vous allez bondir et me honnir!...

— Dites toujours! commanda Lemarchal, qui, depuis qu'il avait mis le sujet sur le tapis, prenait une autorité de barnum.

Sous le feu du souvenir, une lueur passagère brilla dans les prunelles sombres de l'Oriental. Et sa parole se fit aussitôt mielleuse, douce, conciliante :

LE LION EXHALAIT UNE PLAINTE ININTERROMPUE.

— Eh bien! eh bien!... tandis que régnait ce tel silence, tandis que le lion pensif et que le dompteur paralysé restaient figés dans leur attitude sculpturale comme des personnages de bas-relief,... alors un sentiment... un sentiment incroyable m'entra dans le cœur... Était-ce une perversion inepte de mon émoi, très réel, je vous jure? Était-ce de la curiosité monstrueuse, de la férocité inconsciente? Qui pourrait définir cela?... Oui, voilà mon sentiment : j'avais peur... je vous l'avoue tout bas, j'avais peur que le lion attendît... indéfiniment!... Comprenez-vous la chose?... Lemarchal, sapristi! Aidez-moi donc!...

— Allez, allez!

— Hum!... C'est que ces dames vont me prendre pour un buveur de sang...

— Mais non! Hardi!

— Vous vous rendez bien compte, n'est-ce pas, que l'accident, au point où il en était, pouvait encore se borner aux dimensions d'une petite scène des plus banales... Par exemple, Sultan persistait à regarder, Bidel se relevait, le fouet recommençait son œuvre. Clic! clac! et l'exercice était accompli. Tonnerre d'applaudissements. Bonsoir la compagnie... Oh! je n'étais pas seul à éprouver un abominable et vague désir. Autour de moi, toutes les figures pâlies en portaient l'empreinte. Mais nul, sans doute, n'aurait su définir ni formuler ce qu'il souhaitait ténébreusement...

— Bref, fit en riant M. de Béprunce, on serait parti mécontent si la brute n'avait pas un peu tâté ou goûté de l'homme?

— Quelle horreur! cria sa femme.

— Mais, supplia la jeune fille qui écarquillait ses yeux bleus de vierge impatiente, cette attente, combien de temps dura-t-elle?

— Un siècle! répondit gravement Sef-Bey... Ou une minute, je ne sais. Parfois la vie court vite... Que se passait-il alors, comme a dit votre poète, dans cette « nuit qu'un lion a pour âme »?... A coup sûr, Sultan raisonnait. Il constatait que la condition des luttes habituelles était modifiée. Il se persuadait que son maître était désormais démoralisé et qu'il n'y avait plus qu'à vouloir agir. Ne doutez point de l'exactitude de cette psychologie de lion! En effet, tout à coup, Sultan effectua, vers sa proie, deux petits pas furtifs... Deux pas de chat prudent et intrigué... Puis deux nouveaux petits pas. Et, alors, il posa, sur une épaule du dompteur, une de ses lourdes pattes. Mais sans méchanceté; par mesure d'ordre plutôt, comme nous assurons de la main un cahier qui risque d'être envolé... Son énorme tête et sa crinière masquèrent à moitié l'homme gisant; et le panache de sa queue tendue pointa perpendiculairement contre la première haie des spectateurs...

— Bidel a tressailli? Il a gémi?

— Non. Il parut inerte... Mais c'est dans la salle, jusque-là muette, qu'un tumulte épouvantable éclata aussitôt... Un brouhaha!... Des bruits de chaises qui s'écroulent... Des vociférations... Des piailleries!

Parmi les auditeurs de Sef-Bey, chacun s'ingénia, sans retard, à imaginer le parti qu'il aurait choisi.

— Moi, ma chère, prétendit la petite Pomponia qui s'était levée pour corriger un pli de sa robe, j'aurais filé dehors à toute vapeur. Sainte Vierge! comme je me serais sauvée!

— Ta ta ta! riposta peut-être un peu trop cavalièrement le témoin de la chose, vous auriez, marquise, fait comme tout le monde... Sur le bord de la cage, on s'écrasait afin de mieux voir... Les deuxièmes, pour se rapprocher, escaladaient la palissade des premières... Les femmes qui geignaient le plus se haussaient sur leurs pointes de pieds. Trois d'entre elles notamment me trépignaient... Oh mais!...

— Comment ne tentait-on rien, demanda M. de Béprunce avec son air digne et toujours entendu,... pour faire lâcher prise au lion?... Le personnel, par exemple?... Et même le public?... Il me semble qu'avec des cannes, avec des cris?...

— D'abord, répliqua Sef-Bey, le drame se perpétrait à distance, tout au fond de la cage...

— Mais, en criant à tue-tête?...

— Ah oui! Parlons-en de l'effet que les cris produisirent sur Sultan... Quand la clameur se déchaîna, il tourna la tête vers la multitude qu'il considéra avec une sublime et dédaigneuse tranquillité. La vivacité de l'éclairage, sans doute, et les miroitements du tohu-bohu le firent cligner, clignoter... Cela même ajoutait comme de la bienveillance à sa force.

Pendant que le conteur s'évertuait à interpréter cette bienveillance par une pantomime de sa physionomie farouche, des frissons frileux coururent, alentour, sur la fleur des peaux décolletées.

— Bientôt le lion revint, avec plus d'initiative, à son terrible sujet. Il se mit à tourmenter ou plutôt à tracasser sa proie. A la mordiller plus qu'à la mordre. Cela ressemblait au jeu d'un élève qui s'émancipe et qui garde conscience de sa faute... Mais, dame! c'était un jeu de lion!

— J'avais toujours cru, dit la douairière, qu'il y avait, dans ces baraques de fauves, des barres rougies à l'avance?... La police n'exige-t-elle donc pas cette mesure?...

— Hélas! madame, le propre des précautions est d'être soigneusement observées le lendemain, jamais la veille... Quoi qu'il en fût, Sultan se remuait, dans des petits sauts, les quatre pattes ensemble, hochant sa gueule pleine d'on ne savait quoi... Peut-être d'une tête humaine!... Ah! je puis m'en porter garant : ceux qui avaient au début partagé mon infâme envie d'un petit carnage, devaient être, comme moi, devant sa réalisation, bien près de défaillir... C'était affreux!... Va-t-il donc le tuer? se disait-on... Le vacarme était fou.

— Achevez! Ce tableau est odieux!

— Subitement, le lion lâcha sa victime, et observa fixement la porte de la cage, toujours comme un chat, qui a surpris un craquement... Evidemment, là derrière, quelque chose se passait; mais seule une oreille féline avait pu, dans l'épouvantable tapage, en être avertie... Sur ces entrefaites, la clôture de bois tourna brusquement sur ses gonds; et deux hommes apparurent, présentant, comme des baïonnettes, de simples outils en fer...

— Les braves gens! s'exclama la marquise Pomponia.

— A la vue des survenants, Sultan lâcha pied, craintivement, ainsi qu'un écolier coupable... Puisque je vous dis qu'il n'avait voulu que jouer! Déjà un employé de la ménagerie faisait glisser, sur sa rainure, la grille de communication d'avec une cage voisine. Sultan engagea par là sa croupe à reculons; et, comme éperonné par les secousses de la grille qu'on maniait, il finit par émigrer tout à fait... Les deux sauveurs, jetant aussitôt leurs modestes porte-respect, se précipitèrent sur le corps du dompteur...

— Est-ce que celui-ci remuait?

— Non; pas encore. Depuis sa chute, il n'avait pas accompli d'autres mouvements que ceux que lui avaient imprimés les ébats du lion... Toutefois il n'eut pas besoin de beaucoup d'assistance pour se remettre debout...

— Il devait être plein de sang? cria Mlle de Brépunce si charmante, si nerveuse!... Comment saignait-il?... de partout?...

— La moitié du cou était à vif... Du front, juste entre les yeux, pendait un lambeau rouge... La peau des genoux était dénudée, mais intacte... Voilà, du moins, ce que je distinguai confusément.

— Est-il possible! chevrotait la douairière de Larecq, est-il possible!

— C'est à ce moment-là que la contenance de Bidel a été une vraie personnification de l'héroïsme humain. Il se porta en avant, pour recommencer la lutte, dans la direction du lion qui le regarda venir curieusement, la tête de côté et goguenarde au bord de la claire-voie de séparation intérieure... Dompteur indomptable! Mais une protestation immense et impérative l'arrêta. Un tonnerre de bravos et de cris : « Assez! Assez! »... Bidel, entraîné par les siens, dut se retirer... Avant de disparaître, il eut encore l'énergie de saluer avec la grâce martiale d'un sourire ensanglanté...

Le lion observa fixement la porte de la cage.

— Ah! fit encore la petite marquise, voilà un homme!

Sef-Bey suspendit un instant son récit. Il regrettait visiblement d'avoir si vite épuisé la matière d'un de ses meilleurs succes de salon. Il cherchait, dans ses souvenirs, quelques autres débris à accommoder.

— L'attention générale, reprit-il, se reporta désormais vers Sultan, rentré en compagnie de son camarade Néron, le lion blond, qui languissamment allongé, digérait sa ration ordinaire de viande et de coups. Mais le lion brun ne se coucha point, à cet exemple. Agité par mille réminiscences, il se promenait de long en large, sans trêve, les narines orgueilleuses, humant en l'air des odeurs. La mèche de sa queue fouettait tour à tour ses flancs... Chaque fois qu'il passait à proximité de la gueule de Néron, ce dernier léchait fraternellement une tache pourpre et caillée que Sultan avait à la face interne d'une de ses pattes de devant, sous la grosse griffe qui est l'ongle formidable du pouce de ces membres-là...

— Le public ne se retirait donc pas?

— « On attendait le diagnostic des médecins. On entourait aussi une demi-douzaine de femmes qui avaient différé jusqu'au dénouement pour s'évanouir. On disait des absurdités. Il y avait des péroreurs. Celui qui dit : « Mais, monsieur, est-ce que le gouvernement... »; et cet autre qui veut toujours qu'on lui prouve : « A quoi ça sert, je vous le demande un peu? ces machines-là? »... De plus, des touristes, prévenus sur l'avenue de Neuilly où ils étaient épars dans la fête, accouraient de minute en minute. Le contrôle étant, de fait, aboli ; plus rien à payer : vous devinez l'affluence!...

Le général observa :

— Tous ces nouveaux venus devaient bien rager d'arriver trop tard. Ils accablaient de questions les élus, hé?

Sef-Bey éclata de rire.

— J'en vois encore un, poursuivit-il, un bourgeois frénétique qui avait introduit son parapluie entre les barreaux, et qui en frappait le mufle de Sultan, chaque fois que le magnifique fauve passait à sa portée. Non! j'aurais voulu que vous vissiez de quelle façon Sultan regardait cet intrus. Le regard des bêtes possède un mépris qu'est loin de posséder celui des hommes. Et ce vengeur improvisé répétait, en paraissant prendre tout le monde à témoin de l'ingéniosité de sa comparaison : « Il a l'air bête comme chou, cet animal-là! »... Dans le même moment, une voix inconnue me chuchota dans l'oreille : « Porquoâ qué céhui-ci fésait cela? Moâ, j'étais pertisan du lione! »... Je me retournai. Mon interlocuteur était un être hâve, grand comme une perche, imberbe, ridé, sans âge appréciable. Dans l'état de nervosité où je me trouvais, une influence superstitieuse me fit croire que j'étais en face de l'Anglais légendaire qui suit les dompteurs jusqu'à l'heure de leur massacre...

— Oh! ceci, Sef-Bey, objecta le judicieux M. de Bépruncc, c'est une trouvaille de votre imagination...

— Non pas. La chose m'a été dite, avec cet accent, par l'individu que je vous ai décrit... Au reste, peu importe. Quelque temps s'écoula; puis la police fit évacuer l'établissement et éteindre le gaz. Alors, la foule s'attroupa, au dehors devant la voiture foraine où deux docteurs pansaient Bidel. Par une petite fenêtre entr'ouverte et mal éclairée, on voyait des mains échanger des cuvettes et des linges... C'était fort sinistre... Mais cela allait le devenir bien davantage : instantanément toute la ménagerie, lions, tigres, ours, éléphants, chacals, hyènes, se mirent à rugir, hurler, barrir, etc. En ce désordre, on avait négligé de leur donner à boire avant de les plonger dans l'obscurité et leur soif réclamait. En même temps, les tirs voisins s'emplissaient de coups de feu. Instinctivement, je fermai les yeux; et, pour une seconde, j'eus l'illusion de m'être égaré au fond du Bengale ou de l'Atlas. Soudain les orgues des chevaux de bois entrèrent dans le concert. L'impression avait quelque chose de surnaturel, et je me crus tombé dans l'enfer... Et voici toute l'histoire!...

Sef-Bey, terminant ainsi sa narration, saisit avec empressement l'occasion d'un plateau, qu'on présentait, pour se rafraîchir la gorge.

Toutefois les propos sur l'existence privée et publique des lions se prolongèrent jusqu'à l'organisation des tables et des sièges autour de la bonne roulette des familles.

La gentille Mlle de Bépruncc écoutait avec une telle attention que, machinalement, le bout cruel de sa langue rose se promenait sur ses lèvres desséchées et gourmandes, ainsi que l'avait fait, sur du sang d'homme, la langue de Néron.

Chez Gaston

Gaston..., je te le jure !

Gaston. — Tu vas prendre froid...

I

Marcelle. — Ainsi, tu croyais qu'avant toi j'avais déjà trompé mon mari?

Gaston. — Dame!

Marcelle. — Est-ce assez canaille, les hommes!... Alors, si je t'avais fait poser deux ou trois mois, tu aurais eu meilleure opinion de moi?... C'est bon à savoir!

Gaston. — La prochaine fois, tu t'y prendras mieux?

Marcelle. — C'est méchant, ce que vous dites-là!

Gaston. — Mais je n'ai fait que compléter ta phrase...

Marcelle. — Oh! je sais bien que lorsque vous me faites de la peine, c'est toujours de ma faute! Non, laisse-moi!

Gaston. — Tu vas prendre froid...

Marcelle. — Ah bien, oui!... Tu ne t'aperçois donc pas que l'on étouffe, ici!

Gaston. — Voyons, ne sois plus fâchée!... Tu avais l'air de plaisanter, j'ai plaisanté.

Marcelle. — Oui, j'avais déjà remarqué ce besoin que vous avez tout de suite de plaisanter, pendant que l'on est encore si bien!... A partir d'aujourd'hui, *ça* m'agacera toujours, parce que je ne pourrai plus m'empêcher d'imaginer que vous devez être pressé de plaisanter...

Gaston. — Quand donc est-ce que j'ai ressemblé à quelqu'un qui se dépêche?

Marcelle. — Il n'aurait plus manqué que ça!

Gaston. — Eh bien! alors, qu'est-ce que signifie ton reproche?

Marcelle. — Rien.

(*Un temps.*)

Gaston. — Qu'est-ce qui t'arrive?

Marcelle. — J'ai déchiré une boutonnière.

Gaston. — Veux-tu une aiguillée de fil?

Marcelle. — Oui.

Gaston. — C'est que je n'en ai pas.

Marcelle. — Tant pis!... Ma femme de chambre se dira : « Ah! madame!... madame!... » Qu'est-ce que tu veux qu'elle dise de plus?

GASTON. — Je ne sais pas. Est-ce qu'elle est bien avec ton mari?

MARCELLE. — Non.

GASTON. — En somme, c'est un très honnête homme.

MARCELLE. — Oui, assez... A toi, ça ne t'a rien fait de te mettre à séduire la femme d'un ami d'enfance?

GASTON. — Je ne pouvais pas m'adresser à celle du Grand Mogol. D'ailleurs, ton mari n'a jamais été mon ami. Nous étions au collège ensemble, voilà tout.

MARCELLE. — Enfin, vous vous tutoyez.

GASTON. — Ils me tutoient tous.

MARCELLE. — Qui ça?

GASTON. — Mes anciens camarades du collège.

MARCELLE. — Tu ne te doutais pas de ce qui allait arriver, quand tu l'a retrouvé, mon mari?

GASTON. — On ne peut jamais être sûr.

MARCELLE. — Est-ce que ça t'a fait plaisir, lorsque vous vous êtes rencontrés?

GASTON. — J'ai été très réservé. Il y avait vingt ans que je ne l'avais vu. Il pouvait sortir de prison.

MARCELLE. — Qu'est-ce que tu lui as dit? Je voudrais toujours savoir ce que tu as toujours dit!...

GASTON. — Je lui ai dit : « Eh bien! comment ça marche-t-il? » J'ai l'habitude de m'exprimer ainsi, d'abord.

MARCELLE. — Pourquoi?

GASTON. — A cause de la propension que les gens ont à vous entretenir, aussitôt, des sujets dont ils ont à se plaindre. Au premier choc, il faut prudemment se taire et écouter. Comme ça, on apprend, en un instant, si l'on est tombé sur quelqu'un qui réussisse difficilement dans ses affaires, ou qui ait besoin de trente-six recommandations, ou qui possède une maladie dont on aimera autant ne plus lui donner l'occasion de vous reparler.

MARCELLE. — EST-CE QUE TU AS PENSÉ TOUT DE SUITE QUE PEUT-ÊTRE J'EXISTAIS?

MARCELLE. — Est-ce que tu as pensé tout de suite que peut-être j'existais?

GASTON. — J'ai marmotté à tout hasard : « Tu n'es pas marié, n'est-ce pas? »

MARCELLE. — Pourquoi supposais-tu ça!

GASTON. — Je ne croyais rien; je ne savais pas... Mais le ton de cette question *leur* fait toujours l'effet d'un défi. *Ils* prennent instantanément l'air du monsieur qui vient de gagner un pari : « Ah! mon gaillard, tu vas voir comme je ne suis pas marié! tu vas le voir! » On ne demande pas mieux.

MARCELLE. — Ah! l'on a de la chance d'être homme!

GASTON. — En quoi?

MARCELLE. — Parbleu! si vous le voulez, vous avez l'amour autant que nous; et, par-dessus le marché, vous avez à votre disposition le libertinage...

GASTON. — Mais, vous aussi, mesdames.

MARCELLE. — Le libertinage?

GASTON. — Avec vos maris.

MARCELLE. — Tu es fou!

GASTON. — Réfléchis : qu'est-ce que ce serait, si ce n'était pas ça?

MARCELLE. — C'est faire ce qui se doit.

GASTON. — Faire son devoir, c'est le faire aussi bien que possible.

MARCELLE. — On serait des anges, à ce compte-là!... Mais, ne me taquine plus avec ces espèces de choses! Je sens que bientôt tu recommencerais à me tourmenter, et que je pleurerais encore... Dis-moi : quand *il* t'a présenté à moi, si tu ne m'avais pas trouvée à ton goût, hein? tu ne serais pas revenu?

GASTON. — Je te le jure!

MARCELLE. — Et, maintenant, es-tu certain de m'aimer toujours?

GASTON. — Je le crois.

MARCELLE. — Comme tu me réponds ça! Tu ne sembles guère convaincu!

GASTON. — C'est la meilleure preuve de ma loyauté.

MARCELLE. — Comment cela?

GASTON. — Est-ce que je peux, de bonne foi, me prononcer à présent sur l'avenir, me porter garant de ce qui m'est inconnu?

MARCELLE. — Moi, je sais bien que je t'aimerai toujours!

GASTON. — Même si je ne t'aimais plus?

MARCELLE. — Ah! non, par exemple; pour cela, non!

GASTON. — Tu vois donc bien!

MARCELLE. — Tais-toi, tu es bête... Explique-moi, plutôt, pourquoi tu es amoureux de moi?

GASTON. — Pense combien ça va être long!

MARCELLE. — Apprends-moi seulement ta principale raison de m'aimer?

GASTON. — Parce que tu es très jolie.

MARCELLE. — Oh! jolie!... Ça te dispense de me dire si tu me trouves intelligente.

GASTON. — Supérieurement.

MARCELLE. — La belle avance, puisque, si je devenais laide, tu ne m'aimerais plus.

GASTON. — Mais si!

MARCELLE. — Regarde comme tu es menteur : tu as commencé par me dire que tu m'aimais parce que j'étais jolie.

GASTON. — Oui.

MARCELLE. — Quoi, oui?

GASTON. — Tu m'embêtes.

MARCELLE. — Qu'est-ce que signifie ce mot là?

GASTON. — Que je veux t'embrasser.

MARCELLE. — Non!... Non!...

GASTON. — Si!... Si!...

MARCELLE. — Non!...

GASTON. — Si!...

MARCELLE. — Lâche!

GASTON. — Oui.

MARCELLE. — Ah!...

II

UNE AUTRE FOIS

GASTON. — Tu t'imagines sans doute que je suis très vexé?

MARCELLE. — Je ne m'imagine rien. Je sais seulement que si c'était moi qui avais l'honneur d'être l'amant d'une femme comme il faut, j'aurais plus de fierté!

GASTON. — C'est-à-dire que j'aurais dû te bouder, parce que tu me boudais?

MARCELLE. — Quand vous dînez en ville, est-ce que vous vous servez sans que l'on vous offre?

GASTON. — La comparaison est inexacte.

MARCELLE. — En quoi?

GASTON. — C'est moi qui ai offert, et c'est toi qui n'as pas répondu merci!

MARCELLE. — Il n'aurait plus manqué que ça!

GASTON. — La femme doit avoir la grâce.

MARCELLE. — Et l'homme?

GASTON. — Lorsqu'il y a lieu, la force est son apanage.

MARCELLE. — Je vous déteste!

GASTON. — Depuis quand?

MARCELLE. — Depuis tout de suite.

GASTON. — Est-ce que ça durera longtemps?

MARCELLE. — Toujours?

GASTON. — Eh bien, moi, je t'aime!

MARCELLE. — Il aurait fallu me donner cette assurance-là, quand je vous la demandais, au lieu d'essayer de faire de l'esprit.

GASTON. — Tu m'as demandé si je t'avais aimée dès la première fois que je t'avais vue. Je t'ai répondu : oui. Tu m'as dit, en riant : « — Ne mens pas, je sais bien que ce n'est pas possible, sois très sincère... » Alors j'ai été très sincère...

MARCELLE. — Et vous avez reconnu que vous n'aviez commencé à m'aimer...

GASTON. — Oh! commencé!...

MARCELLE. — Enfin, que vous n'aviez eu à mon égard les sentiments qui m'étaient dus qu'après la troisième ou quatrième fois où je revenais, moi, vous aimer, chez vous!

GASTON. — Là-dessus, tu as pris un ton fâché.

MARCELLE. — Parce que, au début de la conversation, vous aviez voulu me mystifier. Je n'admets pas d'être traitée en enfant.

GASTON. — Nul ne saurait, plus que moi, se plaire à te traiter en grande personne.

MARCELLE. — Et vous n'avez pas craint de vous autoriser à cela, après m'avoir déclaré d'autres choses, toutes plus blessantes les unes que les autres.

GASTON. — Je m'en excuse.

MARCELLE. — Vous m'avez avoué que vous ne pensiez pas toujours à moi... Par exemple, quand vous étiez dehors, à vous promener ou à faire des courses...

GASTON. — J'ai eu la bonne foi de te faire observer qu'il n'y avait que dans les romans où les héros se bornaient à ne penser que d'amour. Voyons, quand on rencontre quelqu'un dans la rue, on ne peut pas lui parler de son amour! Il cause de lui; on cause de soi. La rêverie amoureuse est forcément interrompue.

MARCELLE. — Soit! j'avais admis cela. Mais ce que je me figurais sacré, c'étaient les instants pendant lesquels vous vous trouviez tout seul, chez vous, ou bien en voiture, ou n'importe où...

GASTON. — Je t'ai juré que, à ces moments-là, je pensais uniquement à toi.

MARCELLE. — Oui, mais je ne vous ai plus cru.

GASTON. — Et tu m'as certifié que mes amis savaient bien mieux aimer leurs maîtresses.

MARCELLE. — Je n'ai pas dit : vos amis; j'ai dit : votre ami Jomerac.

GASTON. — A quel titre?

MARCELLE. — Je me suis rappelé comme vous m'aviez raconté qu'il était malheureux, quand Mme Nith a été malade.

GASTON. — Qu'allez-vous chercher là?

MARCELLE. — Ça m'a fait l'effet d'un éclair, où j'ai vu parfaitement que vous aviez dû être beaucoup moins préoccupé, lorsque j'ai failli avoir la fièvre muqueuse.

GASTON. — Est-ce cette réflexion géniale qui t'a rendue finalement si mauvaise?

MARCELLE. — Avec le reste!... Plus vous avez vu que vous me faisiez de la peine, plus vous avez insisté dans ce sens.

GASTON. — J'en conviens. A partir d'un certain moment, ta maussaderie m'a fait naître une idée.

MARCELLE. — C'est à croire que vous étiez pris d'une rage de m'inspirer l'horreur de vous!

GASTON. — En effet.

MARCELLE. — Vous avez prétendu que vous ignoriez si vous me feriez, ou non, des infidélités.

GASTON. — De but en blanc, tu m'avais appelé libertin.

MARCELLE. — Vous n'avez pas nié.

GASTON. — J'ai fait de l'étymologie. Je t'ai dit que cette expression définissait le goût des hommes pour leur liberté.

MARCELLE. — Et vous avez confessé que les hommes trouvaient bon de se sentir toujours en état de tromper la femme qu'ils semblaient aimer?

GASTON. — Ça, c'était de la physiologie. J'ai ajouté que cela ne signifiait pas qu'ils le fissent, dès qu'ils en avaient la possibilité.

MARCELLE. — La belle avance, puisque, d'après vous, ils ne seraient arrêtés que par des perspectives d'inconvénients!

GASTON. — Au premier rang desquels je place le remords. D'ailleurs, ce sont les hommes qui sont ainsi; ce n'est pas moi.

MARCELLE. — Supposiez-vous que tous ces propos-là devaient me faire plaisir?... Et c'est qu'en outre vous ne paraissiez pas près de vous arrêter en si beau chemin!...

GASTON. — Lorsque, au contraire...

MARCELLE. — Taisez-vous!

GASTON. — Et alors, toi, qu'est-ce que tu m'as dit?

MARCELLE. — Je vous ai dit de me laisser tranquille.

GASTON. — Et puis encore?

MARCELLE. — ... que vous ne pouviez pas deviner quel tort vous vous faisiez dans mon esprit.

GASTON. — Et puis encore?

MARCELLE. — ... que je n'avais jamais vu de brute pareille à vous.

GASTON. — Et puis encore?

MARCELLE. — Je ne me souviens pas.

Marcelle. — Je ne vous conteste aucun défaut.

Gaston. — Bon!... Tu sais combien jusqu'à ce jour, je t'avais vue être toujours affectueuse?

Marcelle. — Admettons.

Gaston. — Tu sais combien je suis curieux?

Marcelle. — Je ne vous conteste aucun défaut.

Gaston. — Tu sais que je suis célibataire?

Marcelle. — C'est possible.

Gaston. — Il me restait à connaître une chose que je ne voulais apprendre que de toi. Maintenant, je me représente très suffisamment ce que c'est que le devoir conjugal.

Baptiste. — Tu ne m'aimes donc pas du tout ?

Baptiste. — Si ça te fait tant de peine de tromper ton mari, il fallait te placer chez ceux où il est.

Julie. — Il n'y avait de place libre que pour lui.

Baptiste. — Pourquoi ne fait-il pas renvoyer la femme de chambre?

Julie. — Il y tâche.

Baptiste. — Moi, si tu n'étais pas devenue gentille, je te garantis que j'aurais bien su te faire renvoyer de cette maison-ci.

Julie. — Je l'ai compris.

Baptiste. — Tu as même compris assez vite.

Julie. — Il a fallu.

Baptiste. — Est-ce que ce serait signe que tu avais été déjà dressée ailleurs?

Julie. — C'est bien possible qu'il n'y ait peut-être pas que toi de canaille au monde...

Baptiste. — Ah!... Etait-ce aussi un premier valet de chambre?

Julie. — Ça n'a été personne!... Tant que notre ménage a eu des économies, ce sont elles qui y ont passé : pas moi!

Baptiste. — Ton mari et toi, vous n'avez donc jamais été en service ensemble?

Julie. — Un petit peu, dans les commencements.

Baptiste. — Alors, tu ne pleurais pas, à cette époque-là?

Julie. — Non, on se disputait.

Baptiste. — Comme ça, vous ne vous disputez plus.

Julie. — Naturellement. Quand on se voit, on est heureux.

Baptiste. — Soit! Mais tu t'arrangeras pour que ce ne soit pas lui qui vienne, et pour qu'il ne te voie pas ici.

Julie. — Moi, la première, je n'y aurais pas le cœur.

Baptiste. — Tu ne m'aimes donc pas du tout?

Julie. — Oh! je suis déjà plus habituée.

Baptiste. — Demande à Madame si elle soupire autant que toi pour des bêtises pareilles!

Julie. — Elle fait ce qui lui plaît

Chez Baptiste

Baptiste. — Reste à savoir si ça lui plaît tant que ça?

Julie. — Qu'est-ce qui l'obligerait, alors, elle?

Baptiste. — Les maîtres ont aussi leurs obligations.

Julie. — Tu veux rire?

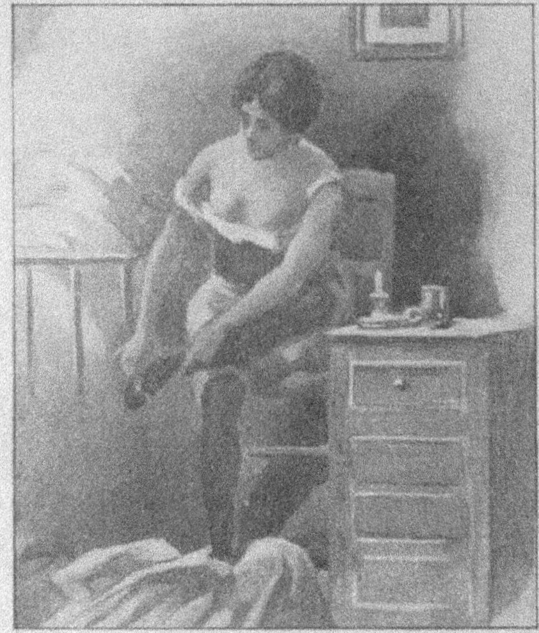

Baptiste. — Ce n'est pas toi qui vas m'apprendre ce qui se passe dans une maison où je sers depuis dix ans.

Julie. — J'aurais juré que Madame s'amusait par gaieté...

Baptiste. — Elle s'amuse par sérieux.

Julie. — Pour protéger la place que Monsieur a dans le gouvernement?

Baptiste. — Pour ça et pour le reste.

Julie. — Est-ce que Monsieur est au fait de la chose?

Baptiste. — Je me le demande ici, comme je me le suis demandé dans toutes les places que j'ai faites. Ceux qui avaient le moins confiance avaient encore plus confiance qu'on ne croit.

Julie. — Comment Monsieur ne verrait-il pas ce que tout le monde voit ... chez lui?

Baptiste. — Je te dis : c'est une espèce de confiance qu'ils ont et qui les tient tranquilles, même quand ils ont le plus l'air de savoir tout.

Julie. — C'est bon pour ceux qui croient que leurs femmes les aiment!

Baptiste. — Monsieur s'imagine peut-être ça.

Julie. — Madame lui répète assez le contraire.

Baptiste. — Alors, il se dit que, pour que sa femme ne l'aime pas, il faut qu'elle ne soit capable d'aimer personne. Les maîtres ont, comme ça, un orgueil dont on ne se doute pas.

Julie. — Tu n'as jamais été attaché à aucun?

Baptiste. — Ma foi, celui chez qui nous sommes, dans les débuts, je n'étais pas mal disposé pour lui.

Julie. — Tu en es revenu?

Baptiste. — Oui, un jour que Madame, à table, lui racontait un accident de chemin de fer...

Julie. — Comment ça?

Baptiste. — Elle a fini en disant : « Il n'y a pas eu de mal; il n'y a eu qu'un domestique de tué. »

Julie. — Merci bien.

Baptiste. — Je comptais sur Monsieur pour la relever. Mais il n'a pas été choqué. Il a manqué l'occasion d'avoir un mot du cœur. Il a fait signe, de la tête, que c'était de la chance, que par conséquent tout s'était bien passé... De ce coup-là, ç'a été fini de mon sentiment avec lui.

Julie. — Il n'aura pas voulu se chamailler avec Madame. Elle est si harpie!

Baptiste. — Non, va, c'est le fond de ses idées, qu'on n'est pas de la même race!... Si tu l'entendais, tout le temps, quand il en a contre n'importe qui de la politique ou d'ailleurs : il n'y a pas de fois où il ne lui échappe de dire, de l'un ou de l'autre : « C'est une âme de laquais! » Il dit ça devant du monde, sans se gêner, pendant que je suis dans son dos!...

Julie. — Ça ne t'atteint pas. Tu es au-dessus de ça. Tu n'est pas un laquais.

Baptiste. — C'est vrai. Mais, quand

Julie — Est-ce que Monsieur est au fait de la chose?

BAPTISTE. — QU'EST-CE QUE TU AS FAIT ?

je sera, ça m'agace qu'on ne s'inquiète pas si je suis dans la pièce, pour dire de celui-ci ou de celui-là : « Je l'ai traité comme un domestique! Je l'ai fichu dehors, comme un domestique!... »

Julie. — Tous les maîtres parlent de la sorte.

Baptiste. — Il y en a, au moins, qui baissent la voix à ces moments-là. On sent qu'ils s'aperçoivent de la gaffe. C'est déjà la preuve que l'on existe pour eux.

Julie. — La belle avance!

Baptiste. — Et puis, qu'est-ce que ça signifie de fiche quelqu'un dehors comme un domestique?... Je ne suis pas ce qui me retient, dans ces cas-là, de poser mon plat sur la nappe en appelant Monsieur par son nom de cornard qu'il est, et en lui demandant comme quoi un maître est fichu dehors, quand il y est fichu par un grand chef, par un ministre?

Julie. — Il n'aurait rien à répondre.

Baptiste. — Vois-tu, Monsieur n'a qu'une chose pour lui : et c'est ce qui m'a toujours fait rester.

Julie. — Qu'est-ce qu'il a?

Baptiste. — Il ne se permettrait pas de toucher à une femme de chambre.

Julie. — Comment le sais-tu?

Baptiste. — Par celles qui ont été ici avant toi.

Julie. — A ta place, je ne m'y serais pas fié.

Baptiste. — Pourquoi?

Julie. — Parce que.

Baptiste. — Est-ce qu'il t'aurait manqué en quelque chose?

Julie. — Il n'y a pas longtemps.

Baptiste. — Rapporte?

Julie. — Je ne l'avais pas entendu venir. Je rangeais dans le tiroir du bas de la commode de Madame...

Baptiste. — Et de quoi s'est-il mêlé?

Julie. — Dame! j'ai reconnu qu'il n'avait pas les mains dans ses poches.

Baptiste. — Qu'est-ce que tu as fait?

Julie. — Je me suis vite retournée.

Baptiste. — Lui as-tu dit une sottise?

Julie. — Oui.

Baptiste. — Quoi?

Julie. — J'ai dit : « Monsieur me prend pour Madame. »

Baptiste. — C'était trop respectueux.

Julie. — Pas dans mon idée.

Loulou

M. DE MÉRIDOR LUI AVAIT DONNÉ UN LOUIS DE DIX FRANCS.

On le disait réfugié dans la solitude et le célibat.

Ce petit chien-loup de Poméranie — dont M. Fajaris ne pouvait tolérer l'existence — ne l'avait-il pas apporté lui-même à sa femme, deux ans auparavant, dans un œuf de Pâques, d'où ce bébé s'éveilla tranquillement en tétant sa patte?

Mais, depuis lors, M. Fajaris était devenu un mari hostile, un mauvais homme, à mesure qu'augmentait en lui une maladie méchante de l'estomac. Tout bruit — rien que celui de la pendule sonnant la marche du temps — exaspérait son oreille qui, toujours, semblait vouloir s'assurer dans le lointain que quelque chose n'était pas en train de venir, avec un cliquetis d'os, et avec cette tête sans yeux ni nez où le vent des routes s'amuse à siffler par les trous.

Et Loulou, il faut bien l'avouer, était extrêmement bruyant et remuant. En vain la pauvre petite Mme Fajaris, dont il était la seule joie, s'appliquait-elle à lui parler bas, à lui fermer le fin museau dans ses mains mignonnes, il y avait diverses circonstances où aucun effort ne savait interdire à Loulou de faire du tapage. Par exemple, quand on annonçait que le déjeuner était servi, ou bien quand le cocher demandait les ordres. Soit par la connaissance acquise de certains termes du langage, soit par ses observations sur l'attitude des gens de service, ou par le sentiment des heures et des habitudes quotidiennes, Loulou échappait aux tendres bras qui le voulaient retenir; sa petite masse carrée, à longs poils noirs, se mettait à sauter dans la pièce, le panache de la queue recourbé en avant, les oreilles droites, l'iris vert des yeux jetant des éclairs. Et, de la gueule rose, sortait un enthousiasme de : « Oua! oua! » dont je ne vois pas, du reste, que puissent se moquer les humains qui font : « Oui! oui! » quand ils sont contents. Et ce qui rendait intarissables les aboiements de Loulou, c'était si le mot de « sortir » était prononcé devant lui. Cette idée de porte ouverte, d'escalier où l'on pouvait croiser des cousins et des cousines à quatre pattes, cette perspective de la rue où l'on considère les passants, où l'on interpelle un cheval, où l'on monte en voiture, allons! comment faire grief à un chien qu'il appelât, de tous ses poumons, son droit à la vie sportive et mondaine?

Cependant M. Fajaris lui reprocha cela sans miséricorde. Ce n'était pas la première fois qu'il menaçait; mais le jour où il précisa de cette façon : « Ma chère amie, je vous donne une semaine pour vous défaire de cette bête comme vous l'entendrez; sinon ce sera moi qui m'arrangerai pour qu'elle ne m'importune plus!... » oui certes, ce jour-là, Mme Fajaris vit dans les yeux mornes de son mari la lueur que devait montrer Tristan l'Ermite, grand prévôt de Louis XI, quand il commandait une corde de chanvre; ou, tout au moins, ce dut être avec une pareille décision dans le regard que le capitaine Stradling fit le préparatif de jeter Selkirk sur le récif de Juan Fernandez, à sept cents kilomètres de toute côte habitée.

La pauvre petite femme ne pouvait hésiter à sauver la vie de Loulou. Mais ce n'était pas tout que de trouver assez de courage pour se déchirer le cœur par la séparation. Encore fallait-il savoir à qui remettre un aussi délicat trésor! Une honnête femme, dont le mari tire son caractère journalier des phases d'une maladie d'estomac, n'a bientôt qu'un cercle de relations fort restreint. Et puis, ce n'était pas suffisant de donner Loulou dans le quartier, ou dans un autre quartier de la ville, pour empêcher cet ami si fidèle et si aimant de retrouver le toit où il était en péril. Sa perte était certaine si le malheureux proscrit s'avisait innocemment de revenir gratter à l'ancien seuil, aboyer de nouveau sur le paillasson...

Dans cet embarras, Mme Fajaris se résigna à s'en remettre plutôt à la Providence; et, sous la forme d'une annonce de journal, en quelques lignes à deux francs, d'une émotion touchante et contenue, où elle donnait des initiales auxquelles répondre à la poste restante, la pauvre petite femme exposa la situation de Loulou, faisant ainsi appel à une bonne âme qui, toutefois, fut en dehors des trois millions d'âmes de Paris.

Peu de jours après, au milieu de lettres insignifiantes, il s'en trouva une qui respirait la sincérité, la bonne grâce, la sympathie obligeante et discrète, en même temps que le signataire avait ce joli nom : Gilbert de Méridor. Ce correspondant habitait, non pas loin, mais suffisamment loin, sur le coteau au delà de Versailles. Il acceptait de prendre Loulou, de s'intéresser à lui et de le bien soigner.

Cette lettre, comme une consolation, comme une suprême ressource, Mme Fajaris la gardait depuis l'avant-veille dans sa poche, lorsque son mari s'interrompit de boire une tisane pour lui crier à travers l'appartement :

— Eh bien? est-ce vous, ou moi, qui réglons aujourd'hui l'affaire de ce chien?

Et, à cette minute-là, cet homme aigri avait l'intonation de M. Barbe-Bleue quand, ayant accordé un seul quart d'heure à son épouse pour s'apprêter à comparaître devant Dieu, le barbare vociférait au bas de la tour : « Descendrez-vous à la fin? ou bien je monte!... »

La pauvre et charmante Mme Fajaris fut frappée de la certitude qu'elle n'avait pas un moyen de différer.

Mais à quoi bon insister ici sur une scène d'adieux que la douleur, d'un côté, et l'ignorance, de l'autre, rendaient horriblement incohérente. Je serais trop affligé de faire rire quelque mauvais plaisant si je décrivais ces pleurs et ces sanglots dans lesquels une maîtresse éperdue appelait un petit mâle « sa toute belle », et, fondant en baisers sur un petit chien, le traitait de « petit chat, petit ange, et de minon-mignon »!

Tant d'embrassements et de gestes désolés provoquèrent bientôt chez la gentille bête de tels aboiements que Mme Fajaris s'épouvanta des représailles immédiates qui en pouvaient résulter. Elle enfouit brusquement Loulou dans le joli panier où il avait fait le voyage de Suisse et qui restait encore enrubanné de faveurs bleu-ciel, hélas! Et, avec le captif devenu muet, la femme de chambre partit, chargée surtout de recommandations.

Elle revint toute pourvue de renseignements.

M. de Méridor était un homme d'une quarantaine d'années, très bien, oh! un monsieur tout à fait bien, qui, pour la peine d'avoir apporté Loulou, lui avait donné un louis de dix francs. Il habitait une élégante villa. Il possédait l'estime de ses voisins, tout en évitant de les fréquenter. On le disait réfugié dans la solitude et le célibat, par suite d'un chagrin d'amour, autrefois.

— A-t-il demandé qui j'étais? interrogea Mme Fajaris.

— Comme madame ne m'avait pas autorisée à la nommer, j'ai pu dire, sans faire tort à monsieur, combien elle avait de misère et de mérite en ménage...

— Bon! bon! cela était inutile...

— J'ai dit aussi que madame était très jolie...

— En voilà une idée, ma fille!... Que voulez-vous que cela fît à M. de Méridor?

— Je ne sais pas, madame... J'ai peut-être bien pensé que cela le stimulerait à son bureau, pour se mettre à donner des nouvelles de la bête, que madame désirait tant recevoir...

— A-t-il promis qu'il écrirait?

— « Votre maîtresse, m'a-t-il certifié, aura, de temps en temps, un petit bulletin, à l'adresse par laquelle j'ai déjà correspondu avec elle. »

Le poignant rapport de la servante fut interrompu par les grondements de M. Fajaris, qui faisait :

— Avec qui bavardez-vous, nom d'un « chien »!... C'est insupportable qu'on ne se taise jamais ici!... Est-ce donc si difficile de se taire?... Est-ce que je parle jamais à personne, moi?

Dans la quinzaine qui suivit, la pauvre petite femme eut, à la poste, la première lettre espérée du consciencieux M. de Méridor. Chaque détail était de nature à tirer les larmes des yeux. Il était relaté qu'après la période de stupeur, Loulou n'était point sorti d'un état profond de mélancolie. S'il touchait aux aliments, c'était dans la stricte mesure qui le préservait de trépasser. M. de Méridor exprimait combien il était attendri par le spectacle d'un souvenir aussi constant; et, vis-à-vis de celle qui inspirait un tel souvenir, il protestait honnêtement de la plus haute opinion.

Pénétrée d'émotion, Mme Fajaris écrivit simplement sur une carte-lettre sans son chiffre ni son adresse : « Merci! oh! merci! Aimez-le bien! » Et, rentrée à la maison, elle put, sans remords, montrer à son mari le ferme visage de l'épouse qui entretient une correspondance clandestine.

Au cours du mois qui vint après, M. de Méridor, dans son envoi de nouvelles, témoignait de l'assurance qu'elles allaient faire plaisir et de la satisfaction qu'il en avait : Loulou était devenu raisonnable, parfois même enjoué. Il avait repris son appétit; et, par la vivacité de ses caresses, par ses élans de gratitude, il se montrait non seulement très attaché à son nouveau maître, mais encore tout à fait rattaché à la vie.

En arrivant à cet endroit de la lettre, le vent d'un sentiment sec passa sur les cils mouillés de Mme Fajaris. Tant il est vrai que si le premier de nos souhaits est de donner le bonheur à l'être aimé, tout de suite après cela, nous lui souhaitons d'être malheureux que nous lui manquions!... Mme Fajaris éprouva quelque chose de comparable à ce que ç'aurait été si M. de Méridor, entre le pouce et l'index dont il avait tenu la plume pour écrire aimablement, lui eût un peu pincé le petit bout du cœur. Et

— EH BIEN? EST-CE VOUS, OU MOI, QUI RÉGLONS AUJOURD'HUI L'AFFAIRE DE CE CHIEN?

la personnalité de M. de Méridor, cessant d'être le transparent au travers duquel la jeune femme apercevait le but de ses affections, prit alors une consistance imprévue. Elle se découvrit ainsi, pour un homme inconnu, cette attraction pénible, cette sympathie rancunière que l'on ressent envers ce qui est aimé, ou épris, de ce que l'on aime.

Quelqu'un a dit qu'il serait bon de raconter aux enfants comment les animaux se vengent et les sorts qu'ils jettent à ceux qui leur ont marqué trop de dureté. Il y a l'histoire du petit garçon qui courait après les poules jusqu'à les faire suffoquer, et qui, par une juste punition, expira, plus tard, avant d'avoir atteint l'âge mûr. Mais on ajoute, je sais bien, que sa brièveté d'existence eut aussi pour cause sa mauvaise habitude d'avoir mangé ses ongles quand il était au collège. Du moins, le cas de M. Fajaris est pleinement instructif : il mourut avant la fin du trimestre où il avait impitoyablement banni Loulou de sa présence. Cela, on peut, sans crainte de démenti, le certifier aux jeunes générations.

La jolie veuve, en adressant les billets de faire part (en accomplissant cette formalité où l'on a coutume de se rappeler les gens que l'on n'a pas vus depuis quinze ans, depuis la dernière cérémonie de sa famille ou de la leur), la jolie veuve, dis-je, crut convenable de rédiger une enveloppe au nom de M. de Méridor. Celui-ci reconnut l'écriture du billet qu'il avait naguère reçu, et il se fit un devoir de venir au défilé des condoléances, à l'église.

Là, il fut deviné, par Mme Fajaris, à l'expression d'intimité secrète, d'obscur dévouement, qui pouvait se lire sur ces traits ignorés, sur cette seule face étrangère. Elle lui tenait les deux mains, et si ce n'eût été le respect humain, la décence envers le catafalque, elle aurait demandé : « Et Loulou? »

Mais la question n'était différée que pour peu de temps. La loi, qui interdit aux femmes de se remarier avant dix mois de veuvage, n'a point prescrit de délai pendant lequel il leur serait interdit de faire rentrer, sous l'ancien toit conjugal, un chien expulsé par le défunt mari.

Aussi Mme Fajaris ne doutait-elle point d'une réponse favorable quand, faisant valoir la liberté qui lui était échue très en avance sur toute prévision, elle sollicitait la restitution de l'ami à quatre pattes, consolation passée et joie future de son foyer.

Elle eut une violente déception quand M. de Méridor lui opposa le plus poli, mais le plus formel refus. C'était le charme désolant et mystérieux de Loulou que, du moment qu'on l'avait eu à soi, si on ne lui voyait pas le couteau sur la gorge, l'on fût incapable de renoncer à sa compagnie.

Après un échange de missives sans bon résultat, Mme Fajaris, voulant essayer la force de la conversation, obtint du maître de Loulou qu'il viendrait lui faire une visite. M. de Méridor vint, en effet; il vint seul. L'entrevue n'aboutit pas mieux.

— Enfin, monsieur, soupira la pauvre petite femme, je comprendrais votre décision, si vous aviez acheté cette bête, si je vous l'avais vendue!... Mais je vous l'ai donnée!

M. de Méridor soupira aussi, car il était sensible, et, quelque part, il a été noté qu'il avait eu également à souffrir de la vie.

— Il ne fallait pas me le donner, madame, répliqua-t-il avec une invincible douceur. Cet animal a eu beaucoup de peine en vous quittant. Il est heureux aujourd'hui auprès de moi. Je ne me pardonnerais pas de recommencer à le faire souffrir.

— Vous vous imaginez qu'il m'a oubliée? s'écria Mme Fajaris... Eh bien! je vous propose un jugement de Salomon, où je vous confère tous les avantages. Cela se passera chez vous, au milieu de toutes les nouvelles habitudes de cette chère petite bête. J'irai simplement l'appeler, et, s'il vous quitte pour me suivre, convenez d'y voir le signe que son bonheur est avec moi.

A la perspective de recevoir cette visite de jolie femme, le visage de M. de Méridor se para, dans sa mélancolie, d'une expression flattée. Il accepta l'épreuve; et, avant qu'il se retirât, le jour en était fixé.

Bien des personnes jugeront que c'était une démarche risquée de la part de Mme Fajaris que de se transporter ainsi, seule, à la campagne, chez un homme non marié. Mais ne perdons pas de vue qu'elle était en grand deuil, et de longs voiles de crêpe ne donnent-ils pas assez de décence pour permettre de se présenter partout?

Quand elle parut dans le jardin de la coquette villa, le premier être qu'elle aperçut, ce fut Loulou, courant dans une allée, roulant en petite boule noire qui bondissait et rebondissait contre un papillon jaune.

Soudain, il s'arrêta court. Il avait, à son tour, discerné l'arrivante. Il pencha vivement la tête sur l'épaule gauche; puis, plus vivement encore, à l'inverse, sur l'épaule droite, comme s'il s'était rappelé que c'est de ce côté-là que s'ajuste le joint de mire. Et alors, tel qu'un projectile, avec une rapidité foudroyante, avec l'élan d'un ballon lancé par un athlète, et pendant que la chère petite femme se baissait pour le recevoir, il la frappait au ventre, jusqu'à l'en faire presque s'évanouir de mal, délicieusement.

M. de Méridor, qui survenait, voulut, avant la minute solennelle, faire les honneurs de son parc à Mme Fajaris. Celle-ci n'en manqua pas d'en admirer très sincèrement le bon style, les échappées, les parter-

Et Loulou jappait sans discontinuer.

res, les urnes et les eaux. Et Loulou, jappant sans discontinuer autour des deux promeneurs, semblait enfermer dans une guirlande de mouvements, dans une écharpe de joyeux cris, les deux seules créatures qui comptassent en sa pensée.

On atteignit ainsi une porte de sortie sur la campagne. M. de Méridor l'ouvrit. Il pria Mme Fajaris de la franchir, et il resta en deçà. Loulou considérait négligemment ces opérations.

— Et maintenant, Madame, dit le châtelain, allons-nous en chacun de notre côté.

Loulou, immobile, se mit à les regarder alternativement, d'un air étonné, qui bientôt se chargea d'angoisse. Deux voix avaient entrepris de l'appeler, dans deux directions opposées. Il répondit par une série de petits sauts, qui le portaient de quelques centimètres dans un sens, et aussitôt le reportaient d'autant dans l'autre; et cette fébrilité avait encore une certaine gaieté de polka.

Mais l'éloignement grandissait de part et d'autre, et les voix, se faisant à mesure plus impérieuses, il ne fut plus possible à Loulou de ne pas comprendre qu'il avait à choisir! Quoi! lorsque l'on venait d'être si heureux tous les trois, c'était fini! Il fallait renoncer à celui-ci, ou quitter celle-là! Laquelle méconnaître des reconnaissances et des tendresses? Comment avoir une loyale préférence, entre tant de souvenirs sacrés?...

Jamais, non jamais, aucun drame plus sentimental ne déchira un cœur de chien!

Loulou s'était assis; sa langue pendait; le panache de sa queue frétillait encore; et, comme une boussole affolée, sa tête dansait entre les aimants des deux regards et le magnétisme des appels.

Puis le découragement lui fit allonger ses pattes; et, le ventre dans le sable, ainsi qu'un petit sphynx, impuissant, sublime, minuscule et majestueux, il parut attendre sans bouger que les êtres humains devinssent sages et bons, ici-bas.

L'expérience était concluante. Mme Fajaris et M. de Méridor revinrent l'un vers l'autre, pleins d'un trouble qu'ils ne pouvaient exprimer. Et pendant qu'ils se rapprochaient de Loulou, celui-ci se ranimait, se relevait, et leur articulait de gracieux conseils, avec un évident sourire de sa gueule rose.

. . . .

Ai-je besoin d'en dire davantage? La perspicacité des lecteurs, la bienveillance des lectrices ne me reprocheraient-elles pas d'insister avec trop de lourdeur décidément, si j'expliquais comme quoi — et après quelles nobles paroles d'un célibataire et après quelles jolies mines d'une veuve — cette aventure se termina par un mariage, sous l'inspiration du plus délicat des chiens-loups de Poméranie.

On ne badine pas avec l'Amitié

En revenant de Laponie

En revenant de son voyage en Laponie, et avant de repartir pour la Nouvelle-Zélande, sir Will n'eut pas de plaisir plus doux que celui de se retrouver à déjeuner, dans sa demeure de Piccadilly, avec le poète Tommy, son cher condisciple de Cambridge. Une particularité envers cet ami était que sir Will l'aimait beaucoup, dans le nombre de tant d'autres amis qu'il n'aimait aucunement.

— Et que me direz-vous, Tommy?

— Rien de neuf... Au contraire, c'est vous, Will, qui avez à raconter...

— Oh! tout est toujours la même chose partout! objecta le touriste en levant les yeux au ciel, comme vers un pays qu'il aurait supposé devoir être aussi ordinaire que le reste.

Ils passèrent un temps à se regarder avec amitié et à se sourire en silence, dans l'agrément d'être à table ensemble. Et, finalement, ce fut Tommy qui parla, parce qu'il était l'invité, parce qu'il était poète, parce qu'il était dépensier, et que c'est bon, quand on est pauvre, de pouvoir au moins dépenser des paroles.

Il s'exprimait avec un charme auquel contribuait sa physionomie. Il avait de grands yeux bleus, un nez dédaigneux et fin, et, malgré ses trente-cinq ans, un visage très jeune de ce qu'il était entièrement rasé. Ses cheveux longs, soyeux et souples lui formaient un panache blond qui s'en allait onduleusement, comme une fumée de locomotive, en arrière d'un front lancé vers les imaginations.

A mesure que le repas avança, la conversation devint encore plus affectueusement confidentielle. Tommy avoua les expédients par lesquels il continuait à mener la vie élégante. Après avoir vendu à un éditeur aussi bien ses poèmes futurs que ses poèmes passés, il lui avait aussi cédé son droit d'y pratiquer jamais la moindre correction, opération onéreuse. De sorte qu'il avait trouvé moyen, en cela, de battre monnaie non seulement avec tout ce qu'il pourrait faire, mais encore avec ce qu'il pourrait ne pas faire.

Le noble visage de sir Will s'était graduellement attristé pendant cet entretien. C'était un homme calme, pensif et méfiant, qui employait une partie de ses loisirs à faire des prévisions, tout en passant un petit peigne de poche dans sa barbe épaisse, carrée, solide pour les voyages.

— Voulez-vous, observa-t-il, que je vous dise, cher Tommy, ce que j'augure de vos tellement désordonnées habitudes?

— Oui, ayez assez de bonté pour cela...

— Bien!... Soyez donc sûr, en vérité, que vous agissez de manière à être obligé, un jour ou l'autre, de n'avoir plus rien de mieux à faire qu'à vous-même vous tuer...

A cette prédiction, Tommy ne se retint pas de pouffer de rire. Il y opposa la répugnance absolue de sa nature pour un parti aussi grossièrement ridicule. Puis il parla de son avenir, avec une foi confiante et gaie.

Néanmoins, son interlocuteur demeurait soucieux. Les deux convives s'étant levés pour se rendre au fumoir, sir Will saisit les bras de Tommy au-dessus de la saignée, et il y appuya de chaque pouce, en disant avec solennité, face à face :

— Je vous prie de me jurer que vous ne ferez jamais rien contre votre vie pendant une de mes absences, ni sans être venu d'abord me prévenir de votre intention, afin que j'aie la ressource de vous dissuader.

— Certainement, cher Will, c'est juré.

Et, là-dessus, ils passèrent dans l'autre pièce et à quelque autre sujet de conversation.

***

Durant la nouvelle excursion que faisait sir Will jusqu'aux sources du Gange, l'existence de Tommy persévéra dans le sens de la déraison. Et même beaucoup de membres de la meilleure société ne se gênèrent point pour la juger proprement choquante.

Entre autres choses, il annonça une conférence esthétique dont les places, malgré leur prix exorbitant, furent aussitôt disputées et enlevées dans un élan de fashion. Mais, au moment de commencer, Tommy, avant promené ses regard à droite et à gauche de l'estrade, déclara qu'il remarquait dans l'assistance un certain nombre de personnes « hautement incapables » de rien comprendre à ce qu'il allait exposer. Sincèrement donc, il les invitait à vouloir bien se faire justice à elles-mêmes en se retirant avec courtoisie. Cette prière, d'aucun côté, n'ayant obtenu de satisfaction, il ajouta qu'alors c'était lui qui se retirait. Or, les créanciers de Tommy ayant déjà saisi la recette, celui-ci ne fut pas en mesure de la rembourser. Et cette lacune nuisit à ce que l'acte de Tommy fût universellement considéré comme étant purement artiste et parfaitement gentlemanlike.

Peu de temps après, le retour de sir Will ayant réuni les deux amis, un des premiers propos du poète fut celui-ci :

— Will j'ai quelque chose à vous annoncer...

Cette phrase avait été proférée avec un ton d'intimité si sérieux, que le cœur de sir Will en battit d'angoisse.

— Voilà : je viens de vendre à mon éditeur la permission de ne pas imprimer une nouvelle œuvre de moi qui aurait compromis colossalement la respectabilité de sa maison.

— Dieu soit loué ! fit sir Will rasséréné... J'avais cru que vous vous prépariez à m'annoncer plutôt !...

— Quoi ?

— Eh ne vous rappelez-vous pas votre amicale promesse de m'avertir quand vous seriez à la veille de vous jeter dans la Tamise ou de faire quoi que ce soit d'équivalent ?...

— Damné blagueur ! j'avais oublié cela ! répartit Tommy avec son rire habituel, qui fit rouler, sur ses épaules, sa tête toujours imberbe de vieil adolescent.

***

Au cours de la saison que sir Will occupa à visiter les Antilles, son cher poète persista à se comporter d'une façon qui n'était point la plus sagace pour se préparer une belle et honorable situation dans l'âge de la maturité.

Notamment, il acheta un cheval de courses, et le revendit ; spéculation qui, en elle-même, n'a rien de répréhensible. Le seul tort de Tommy fut de ne pas payer le prix à son vendeur et de toucher le chèque de son acheteur sans lui livrer la bête, sur laquelle il y avait eu tout de suite, d'autre part, embargo.

Toutefois, rien dans ses procédés ni leurs conséquences n'était de force à altérer la bonne humeur de Tommy. Lorsque quelques-unes de ses relations, au sujet de ses fantaisies par trop outrées, lui devenaient sévères, vite il les quittait. Et sa grâce, sa séduction distinguée, lui en procuraient aussitôt de plus charmantes, puisqu'il y rencontrait l'indulgence avec la nouveauté.

Quoi qu'il en fût, c'était un événement impatiemment attendu par Tommy que l'heure où, les mains dans les mains, il allait avoir à solliciter de Will un prêt totalement nécessaire de cinq cents livres sterling.

Certes, ce dernier était un ami riche et

— Voulez-vous que je vous dise ce que j'augure...

fidèle. Mais Tommy, dans son caractère imaginatif et par une conception de poète, trouva ingénieux de recourir à une certaine mise en scène de sentiments.

Cette crainte d'un attentat contre ses jours, dont il avait entendu sir Will se préoccuper, n'était-elle pas excellente à exploiter? Oui, c'était par là que, avant de soulever la question d'emprunt, il fallait d'abord frapper un grand coup, pour écraser toute velléité de résistance ou de tergiversation.

S'étant composé une mine de circonstance, il se rendit chez son ami, et l'attaqua en ces termes :

— Will, vous êtes prophète; et moi je suis loyal dans ce qui a été convenu. Je viens vous prévenir de la chose...

— Quelle chose?

Tommy leva la main à la hauteur d'une de ses tempes, et, à la distance voulue, fit le simulacre de jouer avec une gâchette.

— Au nom du ciel, Tommy!... Pourquoi avez-vous décidé cela? Êtes-vous vraiment si malheureux?

Tommy ne répondit que par un signe d'assentiment.

— Qu'avez-vous fait?... Est-ce complètement impossible de vous tirer de là?

Tommy remua le menton d'un air de doute, longtemps, avec patience.

— Par Dieu! ce ne peut être qu'une affaire d'argent. Probablement qu'il s'agirait d'un gros chiffre?

Tommy ne dit ni oui, ni non, peut-être plutôt oui que non.

— Est-ce un très gros chiffre?

— Assez! se décida à répliquer Tommy.

Mais il avait articulé cet adverbe avec une nuance presque imperceptible — et cependant très déplacée — de complaisance, de contentement de soi, de satisfaction à entrer dans la voie des pourparlers utiles. Cela suffit à sir Will pour deviner l'imposture. Il chérissait Tommy; il avait un peu de goût à rendre service. En revanche, le rôle de dupe lui faisait horreur; et il mettait son amour-propre à toujours gagner les paris qu'il engageait avec lui-même au sujet des choses qui étaient ou non sur le point d'arriver.

— S'il vous plaît, demanda Will insidieusement, par quel ordre de considérations vous êtes-vous décidé à cette extrémité?...

Tommy perçut que le ton de son ami avait changé. Il en fut blessé et vexé. La nature de la question l'embarrassait aussi, puisqu'il n'avait jamais encore réfléchi personnellement sur les motifs qu'il aurait pu avoir de se tuer. Pourtant, il ne voulut pas rester court. Il se piqua fièrement au jeu. Il énuméra successivement tous ses griefs contre l'existence... évoquant ses torts... apercevant pour la première fois un tableau complet de ses fautes... Et, à la fin, tout assombri, il conclut qu'il était dégoûté de lui, parce qu'il était dégoûtant.

Sir Will ne le contredit pas, attentif seulement à parer une botte traîtresse sur le terrain de l'argent.

— Dégoûtant, dites? répéta Tommy, est-ce que je ne l'ai pas été hautement et colossalement?

— Diable de garçon! protesta simplement Will, vous ne ferez pas la pire folie!

Et comme Tommy ne se déridait pas, l'autre poursuivit par une manière de raillerie réconfortante et cordiale :

— Et dites-moi, mauvais ami, votre plan est-il tout dessiné?... Avez-vous déjà choisi l'heure et l'attitude fashionables?...

Tommy médita, hésita ; puis il répondit nettement :

— Ce soir, sur mon lit, tout nu, afin que de sales gens n'aient pas à me tordre les membres, après, pour me dépouiller de mes vêtements...

Pour une seconde, l'atmosphère entre eux d'eux s'épaissit de ce que la respiration humaine peut exhaler de plus grave et de plus compliqué.

— Tommy! s'écria Will, j'ai à votre égard une affection fraternelle... Dictez-moi la somme dont vous avez besoin pour ne rien tenter de méchant contre vous.

— Non, mon cher Will, calmez-vous, je n'ai aucun besoin. Toutes mes affaires sont arrangées.

— Alors, vous aviez donc inventé de me faire une damnée farce?

Tommy sourit largement, dans ce sentiment de puissance contre tout l'univers que possèdent ceux qui se sont fixé une échéance proche pour y régler le compte suprême de leur propre vie.

— Oui! dit-il avec toute l'autorité de sa résolution maintenant dissimulée, oui, j'étais venu dans l'idée de vous donner la comédie. Mais cela est fini... Ohé Will! me voici redevenu sérieux... Voyez-vous, il n'y a rien de tel encore que la circonspection d'un bon ami pour faire entrer un peu de plomb dans la tête...

Le Chat assassiné

Le jardinier se mit a l'affut,
avec un fusil a deux coups.

IL Y AVAIT LA UN JARDINIER MAUVAIS COUCHEUR.

Les semaines d'été apportent une saison de chômage bien connue dans les sujets de chroniques. Même, il n'est point de chroniqueur qui, au moins une fois par an, ne prenne pour sujet l'absence de sujet. Mais, ce procédé ne pouvant servir à deux articles de suite, la gent écrivassière a recours à certains subterfuges.

Un des plus usités consiste à annoncer une exposition de chats. Aussitôt la nouvelle remise en circulation, on peut lire, sur ce thème, une trentaine de commentaires passionnés ou philosophiques, érudits ou libertins.

La question du chat est bien choisie : elle intéresse un grand nombre de maisons ; elle occupe sans fatiguer. C'est de la psychologie domestique, de la zoologie d'appartement, de la bouillie... pour les lecteurs.

Autant que j'ai pu m'en rendre compte, les journaux ont un fond d'hostilité contre les chats. On y parle de ces derniers avec la réserve haineuse, les ménagements forcés que l'on y observe vis-à-vis des puissances ennemies. Et, après s'être exprimé sur la fourberie et la traîtrise du chat aussi gravement que s'il s'agissait de Machiavel ou d'Albion, nul ne manque à faire la comparaison entre la femme et le petit félin.

*
* *

J'avoue que le chat me fait plus particulièrement rêver du lion et du tigre. C'est même un des caractères que je trouve les plus séduisants en lui. Toutes ses formes, toutes ses attitudes, tous ses mouvements sont des réductions admirablement exactes du type des grands fauves.

Pour les modestes bourgeois comme moi auxquels il n'est point permis, à l'instar du dieu Bacchus et de la reine Cléopâtre, de vivre dans la flatteuse intimité des Seigneurs à la Grosse Tête, n'est-ce point un luxe exquis et encore suffisant de posséder un lion d'étagère, un tigre de vide-poches qui, rien qu'en fronçant les sourcils, en se léchant la patte ou en bondissant après une mouche, vous donne la comédie et la tragédie des mœurs régnant au désert de l'Atlas ou au fond des jungles les plus asiatiques?

Et quand je vois sortir d'un magasin l'acheteur de quelque infime statuette, je suis toujours tenté de m'écrier : « Mais ça ne vous paraîtrait donc pas plus gentil, plus artistique, d'avoir, sur votre cheminée ou sur un coin de votre table de travail, un petit être adorablement vivant, fier et paisible qui est un tigre au moins autant que votre petit machin de bronze est le Moïse de Michel-Ange, la Vénus de Milo, ou la Liberté éclairant le monde!... »

Aussi je vénère chez le chat la part de fantaisie qu'il représente dans l'œuvre immense de la Nature. Celle-ci s'est évidemment amusée à créer quelques diminutifs des grandes espèces dont elle avait d'abord cru devoir arrêter les lignes. Elle a fait le lézard après le crocodile, et l'écrevisse après le homard, etc.

Mais je ne saurais recommander à mes pareils la compagnie du lézard ; d'abord, la première fois qu'on lui touche la queue, on la lui casse. Quant à l'écrevisse, outre qu'on n'éprouve aucune douceur à la caresser, elle ne devient vraiment jolie que lorsqu'elle est cuite.

Tandis que les chats!...

*
* *

Le chat est un être propre qui passe son temps à se débarbouiller et à se nettoyer les mains ainsi que le font la plupart des hommes et des femme ; à se laver les pieds et le reste du corps comme le font beaucoup moins de messieurs et de dames. Un chat qui va s'endormir se lèche ; un chat qui se réveille se lèche.

Le chat est juste. Il frotte son dos, qui ronronne, à la chaise des patrons dont il va recevoir sa pâture ; il griffe la main qui le meurtrit ; il abandonne les lieux où on lui installe en maître un ennemi, canin ou humain. Il a une patte en velours pour aimer, une patte en acier pour combattre. Il rentre dès qu'il pleut ; il s'ébat au soleil. Si j'étais instituteur communal, je recommanderais à mes humbles élèves d'étudier et d'imiter le chat du moulin, pour apprendre à être les citoyens équitables d'un pays libre.

Le chat a la curiosité discrète : il vient voir qui va entrer ; et se retire aussitôt, devant l'arrivée d'un inconnu. Il est aussi très silencieux, par supériorité sur son rival le chien, qui aboie contre tout : contre le coup de sonnette, contre la voiture qui passe, au risque de faire emporter les chevaux, et au dedans, et au dehors, qu'il soit content ou inquiet, et rien que pour faire des embarras.

*
* *

Certes, si le débat donnait lieu à un plébiscite, je ne doute pas qu'une très forte majorité de l'espèce humaine marquerait sa préférence pour le chien, aux dépens du chat.

Avec son égoïsme, l'homme ne considère comme une bonne bête que celle qui arrive quand il l'appelle, et qui lui baise la botte dont il vient de la frapper.

On cite avec admiration ce trait horriblement triste d'un chien léchant la main d'un opérateur qui le vivisectait.

Je reconnais qu'un chat eût été incapable d'une pareille abnégation. Mais, à part Dieu le Père, qui voudrait avoir un fils tel que ce chien?

D'ailleurs, ce sont les hommes qui, tout d'abord peu flattés par l'indépendance du chat, lui inspirent le sentiment des fuites et des méfiances exagérées. Le chat ne tarde pas à savoir que, lorsqu'on l'invite à s'approcher, c'est neuf fois sur dix pour le tourmenter, ou, au mieux, pour le câliner avec des maladresses qui horripilent son tempérament délicat.

L'homme n'a qu'à cesser de faire aux chats ce qu'il ne voudrait pas qu'on lui fît (être jeté à l'eau, tripoté à rebrousse-poil, poursuivi par des huées, des pierres ou des lévriers) pour s'apercevoir que le chat est une bonne bête, qui sait rechercher son maître, le regarder avec des yeux tendres et lui parler parfois dans un murmure ingénu.

Encore, si la race à laquelle j'ai l'honneur d'appartenir se contentait de préférer le chien au chat. Mais cette race endiablée a jugé bien de surexciter la race canine contre la race féline.

Dans le dialogue, somme toute assez peu pourvu, qu'un amateur puisse tenir avec son bull-dog ou son terre-neuve, un des principaux aliments est certainement celui-ci : « — Le chat! Où il est, le chat ? Chat, chat, chat!... A chat!... Cherche le chat, le petit chat!... » Le chien frémit, s'énerve, hurle à la mort. Il ne manque le plus souvent que la présence même d'un chat pour fournir une raison et une issue à cette conversation.

*
* *

Et j'en arrive ainsi au besoin de confesser un remords, que j'ai sur la conscience, et que n'effacera peut-être pas toute une vie désormais prête à défendre et à honorer l'amour des chats.

Lorsque j'avais une huitaine d'années, j'ai assisté à un meurtre, à un vrai meurtre, qui dura au moins une heure et demie. J'étais attentif auprès de l'assassin, tantôt assis, tantôt debout, très intéressé; et je n'ai quitté la place que lorsque la victime, une pauvre, belle et innocente victime, eût rendu le dernier soupir.

C'était à Neuilly-sur-Seine, dans la demeure paternelle. Il y avait là un jardinier, mauvais coucheur, taciturne, trapu, ayant la barbe-bleue. Un de ces types qui portent, sur le visage, le « Faut pas qu'on m'entête », dont ils font à l'occasion, et après coup, leur moyen de défense unique et abrutissant.

Ce jardinier aimait ses melons, comme il n'y a pas de bon sens à le faire. Il se levait la nuit, pour voir s'ils n'avaient point froid; il les emmaillotait, il devait les embrasser sur les joues.

Or, un chat de quelque voisin devait aussi aimer ces mêmes melons. Mais cette bête les aimait, comme on doit aimer les melons : pour les manger; et elle s'en accordait deux ou trois par semaine, ne se pressant pas trop, et choisissant.

Le jardinier se mit à l'affût, avec un fusil à deux coups. Il eut l'occasion de tirer; mais, trompé sans doute par un rayon de lune ou par une ruse du Petit Poucet des chats, il ne tua, cette fois-là, qu'un de ses melons, l'aîné de ses melons.

Le lendemain, on le priait de ne plus faire ainsi parler la poudre, pendant la paix nocturne.

Alors, ce jardinier, qui était adroit de ses mains, s'avisa de confectionner un piège. Il y a des gens comme ça, qui, sans être menuisiers, vous prennent des bouts de planches, quelques clous; là-dessus, pan, pan!... Et ça fait une boîte.

L'engin ainsi fabriqué était oblong et grand comme une malle de bonne, machiné comme une oubliette, appâté comme un réfectoire. Et l'infortuné chat du voisin ne tarda pas à être capturé.

Le jardinier, semblable à tous les vainqueurs, avait besoin d'un joueur de flûte pour accompagner son air de triomphe. Il m'appela. Par un judas pratiqué dans sa caisse, il me dit de regarder à l'intérieur.

— La voyez-vous, la sale bête?

Je vis deux grands yeux, sans expression, tout en lueurs, qui projetaient des rayons rapides sur des parois obscures.

Puis, sans plus tarder, l'homme à la barbe bleue plongea la boîte dans une cuve d'eau qui servait à l'arrosage. Le faîte, un peu trop haut de quelques centimètres, échappait à la submersion. Nous entendîmes un grattis de griffes; ensuite, plus rien.

Alors, le jardinier se mit à rire, oh! mais, à rire tellement que cela me fit rire aussi.

— Si on se reposait sur ce banc, fit-il... C'est bien le moins de lui laisser le temps d'apprendre à nager.

Et il se mit encore à rire, oh! mais, à rire...

Sans doute une première intuition du respect que l'on doit à ce qui est l'animation de tous les êtres commençait à me rendre pensif. Mon compagnon crut opportun de m'exposer ses connaissances expérimentales ou traditionnelles sur les chats. D'abord, il m'assura que, si on ne les tuait point, il n'y aurait bientôt plus de melons sur terre; en outre, que les chats se couchaient sur la poitrine des jeunes enfants, pour les étouffer durant le sommeil; enfin, que, dans son pays, on jetait une douzaine de minets au milieu des feux de la Saint-

JE VIS DEUX GRANDS YEUX SANS EXPRESSION.

Jean, pour porter bonheur au village.

... Après le quart d'heure qu'avaient exigé ces récits réconfortants, je courus regarder dans la caisse. A ma vue, le chat qui, par un miracle d'énergie, s'était cramponné au plafond resté sec de sa prison, se mit à miauler lamentablement, me prenant pour l'arrivée d'un secours.

— Il est vivant, il est vivant! criai-je comme un imbécile, comme un petit misérable que j'étais.

Un juron effroyable me répondit. Mon complice sauta sur un des échalas qui jonchaient la place; avec sa serpe, il en acéra l'extrémité, qu'il enfonça aussitôt par l'orifice où venait de pénétrer mon regard... Et alors une furie de coups, des hoquets de rage, des plaintes désespérées!... La main du tueur semblait manier un pilon, une lardoire, un surin. Sa physionomie était monstrueuse et inoubliable : c'était celle qui voit rouge, qu'exaspère la divine résistance de la vie, et avec laquelle, depuis que le monde est monde, on a dû tuer les faibles et les sans défense, les vieux, les vieilles, les captifs, les enfants étonnés...

Et le pieu ressortit enfin du trou, sanglant, gras de chairs palpitantes, épointé et velu.

Non, quand je pense à ce crime, moi qui ai maintenant un chat pour frère et tous les chats pour amis, un transport me jette hors de moi!... Je voudrais savoir où, dans quel pays, il y a un jardinier condamné à mort (cela doit se trouver), pour aller m'asseoir devant la guillotine, devant la potence, devant le garrot, devant le pal...

MODERN-BIBLIOTHÈQUE

Prochain volume à paraître :

JULES RENARD

La Maîtresse

ILLUSTRATIONS D'APRÈS LES DESSINS

DE

LOUIS MALTESTE

Imprimerie MAUCHAUSSAT

16, Rue François-Guibert, Paris-15e. — Télép. Saxe 30-23.

www.ingramcontent.com/pod-product-compliance
Ingram Content Group UK Ltd.
Pitfield, Milton Keynes, MK11 3LW, UK
UKHW022045170726
13837UKWH00002B/794